天使的伤痕

时代文艺出版社
SHIDAI WENYI CHUBANSHE

[日]西村京太郎——著

闫松莹——译

图书在版编目（CIP）数据

天使的伤痕 /（日）西村京太郎著；闫松莹译. --
长春：时代文艺出版社，2023.1（2024.3重印）
　　书名原文: 天使の傷痕
　　ISBN 978-7-5387-7034-6

　　Ⅰ. ①天… Ⅱ. ①西… ②闫… Ⅲ. ①推理小说－日
本－现代 Ⅳ. ①I313.45

中国版本图书馆CIP数据核字(2022)第134945号

SHINSOUBAN TENSHI NO SHOUKON
© Kyotaro Nishimura 2015
All rights reserved.
Original Japanese edition published by KODANSHA LTD.
Publication rights for Simplified Chinese character edition arranged with KODANSHA LTD.
through KODANSHA BEIJING CULTURE LTD. Beijing,China.
本书由日本讲谈社正式授权，版权所有，未经书面同意，不得以任何方式作全面或局部翻印、仿制或转载。
吉林省版权局著作权合同登记　图字：07-2022-0016号

天使的伤痕
TIANSHI DE SHANGHEN

[日] 西村京太郎　著　闫松莹　译

出 品 人：陈　琛
责任编辑：刘　兮
装帧设计：青空工作室
排版制作：陈　阳

出版发行：时代文艺出版社
地　　址：长春市福祉大路5788号　龙腾国际大厦A座15层　（130118）
电　　话：0431-81629751（总编办）　0431-81629758（发行部）
官方微博：weibo.com/tlapress
开　　本：880mm×1230mm　1/32
字　　数：169千字
印　　张：8.5
印　　刷：三河市万龙印装有限公司
版　　次：2023年1月第1版
印　　次：2024年3月第2次印刷
定　　价：45.00元

图书如有印装错误　请寄回印厂调换

天使的伤痕

那件事始终在他的心头徘徊。愤怒、痛恨、悲伤、绝望的情绪交织在一起。

他握着一把手枪，到底该把枪口朝向自己还是对准那些人，他仍下不了决心。

当愤怒和痛恨的情绪占据上风时，他恨不能杀了那些人。因为他们杀害了他的同伴却安然无恙地逃脱了法律的制裁，这不禁让他怀疑正义何在。凶手们没有丝毫要弥补自己过失的意思。所以，他要代替法律惩罚凶手，他觉得自己有这样做的权利，因为这不是单纯的复仇。

然而，当悲伤和绝望的情绪袭来之时，他想到了自杀。只要把枪口对准自己，扣动扳机，所有的一切都将结束。

他恨那些人，尽管他们是自己的同胞，也不能驱散他心中的恨意。

他为自己洞察世事感到悲哀，如果他比寻常人要迟钝一些，或许就不会有这么多烦恼了。

"我真有勇气动手吗？"他的目光再次落到手枪上。

"我可以，扣动扳机的勇气还是有的。"他这样想着，脸上露出阴郁的自嘲神色。

想到这里，他的身体不禁微微一颤，已分辨不清是因为痛恨还是出于恐惧。

不知为何，有眼泪滑过脸庞……

目　录

第一章

太阳底下

陽 光 の 下 で

1

11 月 15 日，星期一。

对于田岛来说是一个久违的假日。

自从进入社会部当记者，田岛每天被各类新闻压着，计划中的假期大部分都泡汤了。

15 日的请假条早在很久以前就已经摆在桌面上。他不想错过这次休假，因为约了山崎昌子。

昌子在位于京桥①的一家贸易公司担任课员②，每周日休息，但田岛的休息日却不固定。因此两个人始终难有约会的机会。

15 日的这次休假还是田岛在昌子的提议下才申请的，只希望今天不要有什么突发事件让难得的假日泡汤。

虽然相识时间尚短，但田岛已在心里决定跟昌子结婚。最让田岛留恋的就是昌子的美丽，她不是那种骨感的模特身材，今年夏天一起去海边的时候，穿着泳衣时昌子那丰满的好身材

① 京桥，位于日本东京都中央区。
② 日本公司、政府等下属科室部门称为课，课里的基本工作人员即课员。

着实让田岛大为惊喜。

昌子不是东京人，她出生于偏远的东北农村，用她自己的话来说就是"一到冬天，熊和狸猫就会下山来到家附近"的地方。四年前因为姐姐与富二代结了婚，她才离开家乡来到东京的，那时的她年仅十九岁。

"到现在还没能完全改掉我的方言，可真烦。"昌子时常这样说，但是田岛听起她的口音并无任何障碍，甚至觉得她普通话已经说得很标准了。

每当这时，昌子总是会心一笑说："如果真是这样，那真是托了姐姐的福。"据说，姐姐在她小的时候经常纠正她的口音，让她改掉方言，告诉她如果立志未来要去东京的话，还是说普通话为好。

昌子总会讲起许多关于姐姐的事情，可能是由于父母去世早，一直是姐妹二人相依为命的缘故吧。她曾告诉田岛："姐姐还救过我的命呢。"有关此事的内幕田岛并不知情，只觉得昌子对姐姐的敬爱和依恋是很深的。

"我是很传统的女人哟。"昌子时常这样说，或许是受到姐姐的影响吧。

田岛并不反感传统的女人，他觉得比起那些热情、时髦的女孩儿，传统的女孩儿要好得多。况且，昌子并不像她自己说的那么传统，她十分关注新事物，也不是优柔寡断的性格。

2

所幸，并没有什么突发事件打扰这次休假。他们本来还担心下雨，迎来的却是一个晴空万里、秋高气爽的好天气。

上午10点，田岛如约到达新宿西口京王线①车站的时候，昌子已经提前到了。

说来也奇怪，10月前新宿车站总会挤满去郊外游玩的人，可一接近11月，气温虽然并没有明显下降，但候车厅里的人明显少了许多。不论是升温还是降温，日本人都会在固定的时间换上当季衣物，这一点充分体现了日本人刻板的一面。再加上今天是工作日，检票口和售票处更是门可罗雀。

田岛觉得在工作日的白天约会是极好的，因为受够了每天早晚高峰在车站被推挤得大汗淋漓。

"我已经买好票了。"说着，昌子递过来两张车票。

田岛平时工作实在太忙，无暇做行程计划，此前只跟昌子提了一个条件——想去安静的地方，剩下的安排就交给她了。

"你准备带我去哪儿呢？"

---

① 京王线，日本大型民营铁路公司京王电铁运营的铁路线，连接了东京都新宿与八王子。

"去圣迹樱之丘①。"

"没去过，但是听说过，貌似那儿陈列着明治天皇②的某些遗物。"

"实话说，我也不大清楚。"昌子说着调皮地缩了一下脖子。她今天穿了件毛衣，下身搭配一条宽松长裤，做这样的动作显得她比平日里更可爱了。

"我是看这站名最浪漫，一时兴起买的到那里去的票。"

"真是不负责任呀。"田岛坏笑道，"其实随性地去一个陌生的目的地也挺有趣的。"

"我可是在车站服务处把该问的都打听过了哟，虽然是在买过车票之后……"

"问讯处怎么说的？"

"说那里有一座两百多米高的山，名叫三角山。虽然高度一般，但风景不错，适合我们这种上班族去玩。"

"是啊，对于我们这种缺乏运动的上班族来说，也只能爬爬两百米的山了啊。"田岛苦笑着。确实如此，现在不比上学的时候，那种对体力的自信早就不见了。

---

① 圣迹樱之丘，位于东京都多摩市。因曾是明治天皇行幸之处，周边又有赏樱场所，故名。

② 明治天皇（1852—1912），日本第一百二十二代天皇，在位期间是近代日本改革最为显著的时期。在此期间日本实现了社会、经济、军事等多方面的发展，成为亚洲第一个资本主义国家。

　　田岛上次乘坐京王线还是在半年前。当时新宿车站还在施工，现在已建成一座五层的建筑，月台移至地下，荧光灯照得四周通明，营造出一种高级感，但也让人失去了去郊外旅行的感觉，现在郊线电车跟市内的通勤电车也没什么区别了。

　　过了检票口，田岛发现昌子拎着一个布袋，上边好像写有什么名字，田岛也没看清楚。凑到袋子口，一股面包和海苔的味道迎面扑来。原来昌子准备了午饭。

　　电车里没什么人，最开始时还感觉跟平日里乘坐通勤电车没什么区别，当过了调布站后，窗外的景色变成了杂木林和农田时，渐渐才有了郊游的味道。

　　大约过了三十分钟，圣迹樱之丘到了。

　　车站孤零零地立在田间，一下车，就能看到站台的告示栏里横七竖八贴着一堆关于土地分割出售的广告。可见这里也深受土地买卖热潮的影响。出了检票口，站前是一条狭长的商业街，然而却没什么像样的店铺。一家照相馆、一家饭馆、一家荞麦面馆、四家土地中介，构成了整条商业街。

　　田岛去照相馆买好了胶卷，店家指路说："过了路口，一直向前走就是多摩川的河滩。可现如今河边建了好多房子，去了也没什么意思。"

　　田岛想到过去曾在某本书上读到过，说住在车站附近的人不断减少，是因为地价的原因，土地价格上涨，车站周围就会像甜甜圈的空心一样形成大片空地。

"三角山值得去吗？"田岛不死心，向照相馆老板追问道。

"跟去多摩川的方向相反，走两百米左右，就能看到一座小山，那就是三角山。其实那山本名叫和田山，因形如三角，本地人都习惯叫它三角山。山不太高，风景却不错哟。"

"就是来之前我说的那座山了。"昌子在一旁附和道。

朝着店家指明的方向走去，是一条相当宽阔的柏油路，路上立有公交车站的站牌，所以这里应该是通公交车的，但路上却看不到车的影子。恐怕这条公交线路车隔得有一个小时吧。

沿着这条宽阔的柏油路向前走，两侧的杂木林越来越多了。过了一座小桥，是南多摩警察署关户派出所。从"关户"这个词来看，这地方过去可能是北条氏的关卡所在。①

望向路的左手边能看到一座低矮的小山，面前是"三角山入口"的标志。一条小路从柏油路上分出，通往山下。

这是一条尘土飞扬的小路，路的两侧是成片的杂木林和梯田，已经收割完的庄稼地里不见劳作的人影，只留脏兮兮的稻草人无所事事地立在其中。

周围人烟稀少，昌子不由自主地把身体靠近田岛，手紧紧地抓住他。田岛一边苦笑着说"这样不好走路"，一边却把昌子搂了过来。

---

① 过去日本幕府藩主在道路或边境设置的关卡为"关所"，而"关户"指的是关卡的门。北条氏为日本镰仓时代的豪族，多摩地区当初正在其控制之下，因此文中有了这样的联想。

真是好静啊，没有一丝风，深秋的阳光倾泻而下，与其说是温暖，不如说是给人一种暑热感。

昌子走着走着把头靠在了田岛的肩膀上，阳光的味道带着昌子头发的香味一同扑进田岛的鼻腔里。可能是意识到这里只有他们两个人，所以昌子才鼓起勇气靠了过来吧。

走了大约十分钟，两人来到一个岔路口，这里已基本不见农田的踪影，出现在眼前的是一大片挂满红叶的杂树林。

根据路牌指示，右侧是直通山顶的路，于是二人沿着这条路往山顶走去。随着脚步，道路开始变窄，渐渐茂密的树木围成一条隧道。走在树木围搭成的隧道里，可以听到脚踩枯叶发出的"嚓嚓"声响。恣意生长的树枝，使人稍有不慎就会被绊住，隧道的宽度容不下两个人并肩而行，二人没办法继续自在地牵手。

"我在前边走。"田岛主动说。他捡起一根树枝，不断拨开面前垂下的树枝和藤蔓，向前穿行。这不禁让人怀疑方才的路牌指错了路。但看着眼前的路坡度是向上延伸的，可见他们的确是在往山顶爬。或许是走了一条古道吧。

"你的老家也是这样吗？"田岛边走边跟昌子搭话，然而却没有听到回答。

田岛立即停下脚步，转头看向身后，发现昌子正蹲在距他五米左右的地方。

"怎么了？"他问道。

昌子蹲着，摇晃着那只被她脱下来的鞋子说："鞋里进了石子，已经倒出来了。"

昌子的白色毛衣与她头顶遮天蔽日的大片红叶相映成趣，肩膀被红叶投下的红影沾染。田岛举起相机，按动快门，定格了这一幕。因为是彩色胶卷，加上田岛高超的摄影技术，毛衣的洁白和叶的火红形成美妙的对照。

此时，昌子已穿好鞋子，回到田岛身边。她噘着嘴，说道："真讨厌！挑人家脱了鞋子的样子拍照。"

"我可不是因为有趣才拍的呀。"田岛慌忙解释说，他只是想留下那明快而美丽的颜色。昌子勉强接受了他的说法。

二人又在树木隧道里走了一阵，原本狭窄的路突然变得宽阔起来，周围也亮堂了许多。原本在头上遮天蔽日的树枝不见了，阳光满洒，视野开阔。右手边是平缓的山崖，还能看到闪耀着银色光芒的漫长的京王线铁轨和它对面的宽阔蜿蜒的多摩川。

"在这儿休息一下吧。"田岛话音未落，突然，从二人方才过来的方向，传来了男人的惨叫声。

3

田岛一惊，忙向声音传来的方向看去。可来路曲折，树木林立，看不到任何人影。

昌子的脸色变得苍白。就在田岛准备去声音传来的方向查看时，前边的树枝摇晃起来，沙沙的声音不断接近。

"好可怕！"昌子低声说着，紧紧抓住田岛的胳膊。

突然，一个中年男子冲到二人面前。

男子的面部因疼痛而扭曲，两只手用力向前伸着，像是在求救。

田岛看见男子胸前插着一把匕首样的锐器，笔挺的深灰色西装上渗着血。

昌子被吓得尖叫起来，把头埋到田岛胸前。

此刻，田岛也已惊慌失措，他护住昌子，惊恐地看着那个男人。

男子张着嘴想要说些什么，但是却发不出声音。他距离田岛五米左右，趔趔着靠过来，却突然无力地倒下，身体失去控制，滚落到右侧的山崖下。接着传来男子不断跌落在大叶竹上的声音，不一会儿，声音停止了。受伤男子在眼前消失的瞬间，田岛身为记者的敬业精神被唤醒，他突然抬起头，拉开昌子缠着自己的手，向山崖下望去。只见男子的身体被滚落途中的树根缠住，从山崖边向下看，很难判断他是否还活着。

田岛看向昌子，她目光呆滞，面色惨白。

"勇敢点儿。"田岛摇了摇昌子的肩膀说。

"嗯……"昌子像是在呻吟般回答道。

"我到下边去看看。"田岛手扶着昌子的肩膀说,"你乖乖站在这里,一会儿如果有什么事情,马上喊我。"

"嗯……"

"不要害怕。"田岛故意微笑着给她勇气,随后,只带了一部相机就向漫布着大叶竹的山崖下爬去。

大叶竹的黄色叶子沾上了一道道血迹。越靠近受伤男子,血腥气就越浓烈。田岛抱起他,大声喊道:"喂,醒一醒。"男子只微微睁了一下眼,稍纵即逝的睁眼,不知有没有让他看到田岛。

他动了动嘴,对着田岛耳边用微小的声音说了一个字:"ten①……"

"ten?什么?"田岛对着男子耳边说,但是他毫无反应。仔细一看,男子已停止了呼吸。

田岛扶着旁边的树站起来,看着躺在地上已没有气息的男子,那把匕首不偏不倚正刺在他心脏的位置。这把匕首有些不同于寻常,它手柄圆润细长,护手的位置与军用匕首类似,应该是纯手工打造的手柄。行凶者定是用了很大的力气,因为刀刃已完全刺入死者身体。

田岛举起了相机。通常,报纸上是不能登载死者照片的,但是眼前的场景让田岛不得不拍下来。

① 此处日文原文为てん,其发音的罗马字为 ten。

田岛变换角度拍了三张照片，又再次凑到死者身边蹲下。

死者的面部因疼痛已扭曲变形，可是田岛能看出他生前容貌帅气，年龄是三十五六岁的样子。

死者上衣的扣子可能在刚才坠崖时刮掉了，敞开的西服露出内侧的口袋，上面绣着"久松"。如果这件衣服不是借来的话，那毫无疑问死者姓"久松"。

田岛独自思忖着，突然想起了还在山崖上的昌子，行凶者若是逃跑了还好，要是还在追赶，那昌子岂不危险。

想到这里，他大喊："昌子，你还在上边吗？"然而没有回答。

田岛心头一紧，急忙爬上山崖。

只见昌子蹲在刚才的地方，无助地用手捂着脸。田岛走过去，把她扶起来。

"你还好吧？"

"嗯。"昌子把头抬起，微微点了点。此刻，她已脸色发青。

"那个人，死了？"昌子问。

"嗯，死了。"

"接下来该怎么办？"

"咱们得报警。"田岛声音干哑地说，"来时的桥旁有派出所，咱们回去吧。"

"还是感觉很恐怖……"

"行凶者已经逃跑了，没听到什么动静吗？"

"似乎听到了脚步声，或许是错觉。"

"那也许就是行凶者逃跑时的脚步声。"田岛嘴上虽这样说着，心里还是很忐忑，他也只是猜测行凶者伤人后会马上逃走。

二人沿着原路返回，田岛拿着相机，昌子拎着装有午饭的布袋，郊游的快乐心情已荡然无存。

4

派出所内，一位年轻的巡警正百无聊赖地看着报纸，突然闯进来的两个人令他吃惊地抬起了头。

田岛叙述了事件经过。开始那位巡警似乎不太相信，一副不相信在这样和煦平静的秋光中会发生凶杀案的表情。直到田岛反复多次详细讲述后，巡警才开始相信这是真的了。

"我自己带你过去，可以吗？"田岛接着对昌子说，"你在这儿好好休息一下。"

昌子点头不语。

田岛带着巡警返回位于悬崖附近的案发地点。看到死者的尸体，巡警的脸色也变白了。

"这得联系警察署了。"巡警嘟哝着，向派出所方向跑去。

就在巡警拼命跑回派出所打电话时，田岛回到车站前的照相馆借用电话。

电话打给了报社编辑部主任，田岛对他说了男子离奇死亡的事情。

"你小子真是走了狗屎运。"主任笑着揶揄道，"需要人手帮忙吗？"

"暂时不用，我一个人可以，带着相机呢。以备不时之需，记者证也带着呢。"

"好不容易休个假，真可怜。"

"魔鬼上司今天竟然似佛祖般好心，可真吓人。"田岛拿着话筒苦笑道。

"反正作为证人，你肯定少不了被问话，就当顺便采访取材了。"

事情汇报完了，田岛说有什么新情况再联系，就挂断了电话。

回到派出所，巡警似乎也刚联络完，看着田岛说："跟警察署联系了，马上会派主管人员过来，还得麻烦您做笔录，配合调查取证。"

田岛点点头，看了看昌子后，问巡警："她可以回去了吗？我跟她看到的以及了解的东西都是一样的。"

"这恐怕不行。"巡警严肃地说，"二位都得留在这儿，如果谁走了的话，我要负责任的。"

这个巡警看着年轻，却很死脑筋，田岛这样想着。昌子微笑着开了口："我不要紧的，情绪已经平复了。"

她确实缓过来了些，声音也不再颤抖，只是脸色还很苍白。

大约过了五分钟，南多摩警察署的警车拉着震耳的警笛赶来了。

一脸紧张表情的刑警们一下车就让原本安静的派出所周围喧嚣起来。

派出所的那位巡警向身材微胖的刑事部部长介绍了目击证人田岛和昌子。

田岛递过去一张写有工作单位的名片，刑事部部长"啊"了一声。田岛不明白他为何要"啊"，只有种预感：这是个不好对付的家伙。

不久，司法鉴定车也到了。包括田岛和昌子两人在内，一行九人去往案发现场。

途中，二人大概说了两遍目击经过，刑事部部长一边点头一边听着，看上去应该是认可这些话的。

当走到遮天蔽日的树木隧道跟前时，刑事部部长看着眼前交错的树枝，皱了皱眉，看向田岛问道："你们为什么会选了这么一条路呢？"

"我们也是按着路标走的。"

"确实如此。"派出所的那位巡警高声说道，"刚才我才注意到，路标摆反了，也不知道是谁搞的恶作剧，最近一些来徒步的游客真是缺乏公德心。"

"之后给放好吧。"刑事部部长面无表情地说。

云朵飘过来，死者所在处有些暗，爬到山崖下的司法鉴定人员手脚利落地打开镁光灯。一名刑警从死者口袋里找到了驾照，田岛站在刑警身后，看到上边写着：

东京都新宿区左门町××号　青叶庄　久松实

根据驾照上的照片来看，死者确为久松实本人。

田岛迅速将死者姓名及住址写在笔记本上。他看了一眼手表，已过了中午12点，距离晚刊的截稿时间还有一小时，现在跟编辑部主任联系的话，说不定能派人查明久松实的真实身份刊出一篇报道呢。

想到这里，田岛匆忙爬回山崖上，对正看着刑警们忙碌调查的昌子低声说道："我去打个电话。要对刑警保密，如果声张了的话，这些死脑筋的家伙肯定会担心生出事端而找我们麻烦。我打完电话马上回来，离开的这段时间，你帮我打个掩护。"

"行。"

"那就拜托你了，毕竟以后是要当记者妻子的人，这点儿小事相信你能胜任的。"说完，田岛不觉脸红起来，因为他们二人还没谈过结婚的话题。

第二章

涂鸦

悪戯書き

1

　　警视厅搜查一课的中村警部补①赶到了南多摩警察署，听完案情汇报已经下午3点多了。

　　随后他见了一男一女两位目击证人，男的看着眼熟，因为他曾被这位名为田岛的记者早追晚堵地采访过。

　　"这回我是以目击者的身份，作为一名普通市民配合警察调查的，而不是以报社记者身份。"田岛说道。

　　中村警部补苦笑着说："这话我姑且信一半吧。"因为中村警部补已在这位记者所供职的日东报社的晚刊头版上，看到了关于此次事件的简短报道。若是普通市民的话，断断不会做出如此冒险的事情，他肯定是趁着刑警们不注意，偷偷跑去打电话通风报信了。

　　但也不能因此就认为田岛和貌似他女朋友的山崎昌子二人的证词不可信。根据对周围情况的调查，中村警部补认为二人的证言是立得住的。因为如果他们说谎的话，那么谎言编造得

---

① 警部补，日本警察的职级之一，职位在巡查部长之上、警部之下。

真是滴水不漏。

"被害人临死前似乎想要说出凶手的名字吧。"中村警部补想着，如果真是如此，这可是一条重大线索。当然，肯定不会有单独一个发音为"ten"的人名，田岛在证词里提到，当时他想让被害人说出下面的话，但是被害人却停止了呼吸。

发音为"ten"的字有"天""点""店""展""典"，或者英语的"ten"等，可以对应很多的字，如果死者指的是人名的话，那对应的字很可能是"天"。以"天"为第一个字的姓氏不多，但也并非没有。中村的远亲里就有一个老人叫天藤德太郎。中村警部补想，应该围绕死者身边的人展开排查，并且要格外关注与"天"字有关的线索。

2

接下来引起中村注意的就是凶手用的凶器。

那不是一把普通的刀。

那是一把长度二十五厘米、用锉刀改造的、前端尖锐、两侧锋利的刀，护手也是纯手工打造的。准确来说，整把刀给人的感觉更像是一把短剑，或者说是那种长矛的矛尖。刀口用墨水涂成了黑色。

中村很好奇，凶手还真是不怕麻烦，看来是找不到称手的凶器而自制了一把短剑，也或许是凶手因为某种理由不得不使用自制的短剑来行凶。

至于凶手为何要把刀口涂黑，中村不得而知。诚然，涂黑刀口会让凶器不那么明亮显眼，可是，若只是为了不显眼，套上剑鞘也能达到同样效果。

短剑的剑柄部分保留了锉刀原本的刀柄，经过严密的指纹提取，警方却只从上边查出了被害人的指纹。恐怕是被害人在遇刺后想自己拔出短剑时留下的。

根据田岛和山崎昌子的证词，中村试着复盘了被害人久松实遇袭时的场景：久松和凶手一起爬三角山，凶手可能早就计划在此刺杀久松实，也可能是二人在爬山途中起了争执，凶手愤然刺向久松。

以目前的情形判断，应该会是前一种可能。因为如果没有杀人计划的话，一个人携带被涂黑的短剑来爬山实在太奇怪了，尤其是这山只有两百多米高，甚至连携带登山手杖的必要都没有。

想必是这样：凶手将久松实引诱到树木隧道后，突然拔出短剑，刺向他的胸部。行刺后，凶手朝车站方向逃走，而被害人则朝着相反的方向求救，或许就是要向刚才还走在他们前面的田岛和山崎昌子二人求救。

中村展开一幅南多摩地图，琢磨着凶手逃跑的方向，以及逃跑的路线。

路线一：从圣迹樱之丘站搭乘京王线；

路线二：故意走出一站或两站后，搭乘京王线；

路线三：乘坐去往八王子方向的巴士；

路线四：乘私家车来的，也乘私家车逃跑（当然也包括摩托车或自行车）；

路线五：南多摩与神奈川县接壤，也有可能步行八公里左右去往神奈川县；

路线六：此地除京王线外，还有一条南武线（川崎—立川）途经附近，最近的车站是南多摩车站，凶手可以走到车站，乘坐南武线逃离。

按照六条逃跑路径逐一排查，一定能找到些蛛丝马迹。尤其今天是工作日，中午 12 点前后乘客很少，车站工作人员和乘务员会对可疑人员有些许印象的。

中村按此方案，将调查取证工作交付给南多摩警察署后，自己先行回了警视厅。

3

回到东京后，中村携经验丰富的矢部刑警一起去往被害人驾照上的住址青叶庄。

位于四谷三丁目与信浓町中间的左门町一带，有不少公寓，且大部分是木制建筑外涂混凝土的简易公寓。青叶庄就在其中。

中村和矢部刑警在公寓管理员的带领下，来到位于二楼的久松实的家。户型是一大一小两个房间，还有一个不大的厨房和卫生间。屋内陈设大多十分考究。

"久松实是做什么工作的？"中村向公寓管理员打听。管理员是一位年近五十岁的女性，对久松的死没有表现出一点儿悲伤的样子。看来，久松生前不是那种招人喜欢的个性。

"好像是在杂志社工作吧。"管理员说，"是一家叫周刊真实社的杂志社。但他不是正式员工，怎么说呢，就是自己写稿然后卖给杂志社的那种……"

"自由撰稿人？"

"嗯，差不多，不过他最近也没什么工作，生活挺困难的。"

"生活困难却过得这么奢侈啊！"矢部刑警环视房间一周，对中村说道。

"照相机、高保真音响、超薄电视机、装满高档西服套装的衣柜、这床加上这材质上乘的桌子……"

"感觉他的钱不像是正路赚来的。"管理员意味深长地说。

中村和矢部刑警对视一眼，中村问道："不是正路，具体是干些什么勾当呢？"

管理员眨眨眼睛，煞有介事地说："不太清楚具体的事，不过听说，好像是吃软饭，还有敲诈。"

"敲诈啊！"

"嗯，他过去亲口跟我说的，他还说，所有人都有弱点，只要抓住了，就能换来钱。"

"看来，他是利用采访得来的信息敲诈。"中村看着矢部刑警说。

"或许他就是因为这个才意外被杀的。"

桌子旁边，放着一摞杂志，大概有二十多本。中村拿起其中一本，封面上是一个身着红色贴身吊带衬裙的女子。从那女子轻浮的姿势不难猜出杂志里边的内容。在女子肩膀附近，印着"独家新闻·女演员 A 的情史揭秘"等一堆类似的文字。

杂志名为"周刊真实"，发行公司是同名的周刊真实社。

中村把杂志卷了卷，塞进衣服口袋里。他对矢部刑警说："我去趟这家杂志社。你留在这儿，看看是否还能找到其他线索。"

4

周刊真实社位于神田，占据了一栋老旧建筑的第三层。中村赶到时已经过了晚 6 点，大部分办公室都是暗的，只有贴着"编辑"门牌的小屋里亮着灯，能听到里边有人在说话。

中村向里边打了声招呼，眼前出现一个身材高大、头戴贝雷帽的男子。中村对他出示了自己的警察证件，男子脸上划过一丝惊讶的神情。

"啊，您请坐。"说着，男子把中村请进房间。

屋里还有两个面容疲惫的年轻男子，桌子上摞着空的方便面桶。烟灰缸里堆满了烟头。

"我们正好刚开完编辑会。"头戴贝雷帽的男子说着，递过来一张名片，名片上印着"周刊真实社总编辑·横山知三"。

"会也开完了，所以有什么需要了解的您尽管问。不过如果要问为什么做这种杂志的话，我可很为难啊。"

"我不爱看杂志。"中村苦笑道，"也不知道贵刊都登些什么内容。今天过来是想了解一下久松实的事，你知道他被杀了吧？"

"在晚报上看到了。"

"久松此前一直给《周刊真实》供稿吧？"

"嗯，我们有时会从他那儿买稿子。"

"你们认识多久了？"

"大概不到四年吧，嗯，差不多那么久。"

"在你看来，久松实是怎样一个人呢？"

"这不太好说，"横山隔着帽子挠了挠头，"是一个很好用的人，特别擅长探听别人的隐私，经常能给我们提供很有意思的报道素材。"

"可我听说，他会利用调查来的别人的隐私进行敲诈，你知情吗？”

“是有这样的传闻。”

“你相信他能做得出来吗？”

“应该能吧，按说不应该讲死者的坏话，但他的确是那种为了钱什么事情都肯做的人，就连我们也吃过他的亏。”

“怎么讲？”

“比方说，他来电话说拿到了一条有意思的八卦新闻，我们信以为真，把版面空出来等他的稿子，结果我们等啊等，新闻迟迟上不来。待到打电话去他住的公寓，他又会若无其事地说新闻没弄到。但那肯定是在说谎，事实是比起把八卦新闻卖给我们，他转手卖给当事人赚得更多。”

“这也算是敲诈吧。”

“嗯，是吧。单靠卖我们稿子赚钱，他过不上那么奢侈的生活。他的生活状态可是相当高雅有品位呢。”

“关于杀害久松的人，有没有什么线索。”

“这个嘛，”横山歪着头说，“还真是没什么线索，我对他的私生活也不太了解。”

“你最后一次见到久松是什么时候？”

“嗯……什么时候来着？”横山目光转向在旁边听着的两个编辑，“久松上次是哪天来的？”

“三天前啊。”身材偏胖的编辑答道，“来取剩下的稿酬吧。”

“对啊，是三天前。”横山点点头对中村说，“大概是 11 月

12 日下午 2 点过来的。"

"当时他说了些什么？"

"没有，就在那儿默不作声地等着会计给他开支票。我记得他等待的时候在一张纸上不停地涂鸦。"

"那张纸呢？"

"临走前他好像把那纸揉成一团扔到废纸篓里了。"

"废纸篓在哪儿？"

"在屋外。"横山答后，似乎回忆起什么似的补充道，"今天早晨，我看纸篓满了，就给它倒了。"

"倒在哪儿了？"

"这栋楼后边的一个很大的垃圾箱里。不过那种涂鸦真的那么重要吗？"

"不清楚。但是人们有时会在随手的涂鸦中流露内心的想法，如果久松心里有事，或许他会写下些线索。"

"我们来帮您找那张纸。"横山说完，编辑部的另外两个人也随中村一同前往楼后。

那是一个混凝土造的大垃圾箱，垃圾多得都快要冒出来，掀开垃圾箱的盖子，一股恶臭直冲鼻腔。

四个人表情扭曲地开始了这项痛苦的翻找工作，由于街灯昏暗，工作进展十分缓慢。中村的手没一会儿就被弄得脏兮兮了。持续了近十分钟的艰苦"战斗"，随着横山的一声"找到啦"方才结束。

横山手指间夹着那个纸团，说："就是这个。"

中村接过纸团，慢慢将它展开，这是一张能容下两百字符的稿纸，上面用圆珠笔反复写着同一句话：

"天使能换钱。"

5

中村反复默念这句话，突然想起一件事。

那是《日东新闻》的记者田岛的证词，他提到久松临死前有一句话没说完，第一个字就是"ten"，这个"ten"或许就是"天使"的"天"吧。

恐怕是久松实从被称为"天使"的人或事物上勒索到了钱。（但是，所谓的"天使"到底指的是什么呢？）①中村思考着，一时间没有答案。

中村一回到警视厅，马上到图书馆翻开百科词典查找起来。

【天使】

一般指神和人之间的使者，负责将神的旨意传递到人间，或将人类的祈愿传达给神，是灵性的存在。

---

① 根据原文，人物的所想内容用括号表示。

佛教、基督教等都承认天使的存在。在佛教中，像自由飞翔的天女、阎罗王身边的侍者，都是天使。

在希腊语中天使对应的是"aggelos"，意为"使者"，广义上包括受上帝差遣的祭司和预言家等。可在基督教用语里，天使定义为拥有比人类更高智慧和能力的神灵。起初天使都是同样纯净而幸福的，但在经历考验时，以路西法为首的很多天使背叛了上帝，从而分出了"善天使"和"恶天使"。"善天使"忠于上帝，越来越纯净，获得永久的天国的净福；而"恶天使"则堕入地狱接受酷刑惩罚，"恶天使"又被称为"恶魔"。"善天使"时常赞美上帝，受上帝指派，守护人类。在人间，每个人都有专属自己的守护天使，守护天使为使人最终获得天国的净福，而劝人向善避恶。

天主教堂通常在傍晚祷告时分响起"奉告祈祷钟"，就是为了纪念天使将耶稣基督投胎的神意转达给圣母玛利亚。

在基督教的绘画中，天使以音乐赞美神，或将神的旨意传达至人间，其形象在绘画中多被描绘成带有翅膀的青年或婴儿。

（选自《世界大百科事典》，平凡社，1957 年版）

中村看后并没有从中找到揭开事情真相的蛛丝马迹。

　　既然说"天使能换钱"，那么久松写的应该不是宗教概念上的天使，而应该是世俗意义上的天使。难道是久松捡到了一个纯金打造的天使像，为了争夺这个金天使而引来了杀身之祸？但中村并不相信现实中会发生类似于"马耳他之鹰"①的案子。

　　晚 8 点过后，矢部刑警从左门町的公寓返回。

　　"总觉得自己的性格不适合搜查证物的工作。"矢部刑警苦笑着对中村说。对于这位有柔道三段傍身的刑警来说，比起让他翻找抽屉查找物证，让他与犯罪分子搏斗更得心应手。

　　"搜查恐怕不够全面，还有遗漏，但我带回来了两个很有意思的线索，一个是存折。"

　　"要说存款，我自己其实也在一点点地储蓄。"中村一边嘟囔着，一边翻看矢部刑警递过来的以久松实名义开立的存折。

　　"久松似乎没有亲属，因此我给管理员写了一份借用证明才把存折借出来。存款金额是五十万日元，数额不大，但有意思的是存款的方式。"

　　"的确，这五十万日元是分两笔存进去的，一笔三十万日元是 6 月 5 日存的，另一笔二十万日元是 10 月 30 日存的。"中村注视着存折上的数字说，"不知为何，我闻到了犯罪的味道。"

　　"怕是敲诈勒索来的钱吧？"

---

① 于 1941 年上映的美国电影《马耳他之鹰》，以一个失踪案为开端，讲述了为争夺无价之宝"马耳他之鹰"而引发的系列谋杀案。

"我也有同感啊，恐怕这钱就是敲诈得来的。对了，你在他的房间里有没有看到什么与天使有关的线索？"

"天使？"矢部刑警一副摸不着头脑的表情。

于是，中村让他看了在周刊真实社得到的久松实的涂鸦，并说明了事情的原委。

"就是这样，在你回来之前，关于能换钱的天使究竟是什么，我想了很多，但都没有准确的答案。"

"能称为天使的，的确有很多啊。"矢部刑警若有所思道，"马路天使是天使，白衣天使也是天使。除了人类，还有一种热带鱼叫天使鱼呢。"

"天使鱼很值钱吗？"

"唉，那是一种最便宜的热带鱼，恐怕换不到什么钱。"

"既然是不值钱的天使就不考虑了。"中村苦笑着说，"你拿到的另一样证物是什么？"

"这件东西是否跟天使有关系不得而知。我在桌子里找到了多张同一个女人的照片，于是借来了其中一张。可能是跟久松有关系的女人。"

矢部刑警从口袋里掏出一张名片大小的黑白照片，照片中的女人化着浓妆微笑着，相貌十分出众。女子年纪在二十五岁左右，看起来不是素人，像是明星之类的公众人物。

"说她是天使也无不可。"中村对着矢部刑警说，"她叫什么？"

"不知道，管理员说见过她，但是不知道名字。"

"有谁认识这个女人？"中村问办案室里的其他刑警。如果这个女演员演过电视剧或者电影的话，或许刑警中有人会认出她，中村自己对演艺圈几乎一无所知。

话音刚落，三个刑警凑到他俩的身旁来看照片。其中最年轻的宫崎刑警轻声说了一句："哎呀！"

"你认识她？"中村问。

宫崎不好意思地用手抓了抓头说："那个……这个嘛……"

"说说看嘛。"站在旁边的矢部刑警鼓励他继续说下去。

"其实吧，前阵子不当班的时候，我去浅草那边看过脱衣舞表演。"年轻的宫崎刑警红着脸说。

中村苦笑着说："刑警去看脱衣舞表演也不是什么见不得人的事，何况你还这么年轻。这个女人跟脱衣舞有什么关系吗？"

"我看表演的剧场叫'美人座'，记得当时的舞娘当中似乎就有这个女人。"

"你这么一说，感觉她还真是挺像跳舞的。还记得她的名字吗？"

"不记得了，不过当时我拿到了一份节目单，上边应该有她的名字。那张节目单在……"宫崎刑警在裤子口袋里翻了翻，"找到了。"说着掏出了一张被揉得皱皱巴巴的纸片。

纸上印着舞娘们的照片和一行罗马字"BIJINZA"①。宫崎刑警把纸片翻过来，上边印着曲目和对应的舞娘姓名。

"果然有，会不会是跳后宫夜曲的那个舞娘呢？"宫崎刑警像是自言自语般小声嘟哝着。

"想起来了！"他突然说道，"在这儿呢，她叫安琪·片冈。"

"安琪？"中村猛然提高了音量。

---

① BIJINZA，"美人座"日语发音的罗马字。

第三章

安琪・片冈

1

中村和矢部刑警赶到浅草的时候已经过了晚上9点，位于六区的演出一条街已十分冷清，尽管街上仍是霓虹闪烁，可剧场的售票处窗口已经关闭。再过一个小时，待最后一拨客人离场，六区这条街的一天就算正式结束了。

美人座剧场位于电影院的地下，剧场入口处并排贴着舞娘们的海报。

"就是她。"矢部刑警指着其中一幅海报说。确实是照片中的女子。只不过眼前的海报中是这女子祖胸露乳跳着舞的形象，海报下边还用白色油墨印有一行字：

妖冶魅惑的裸体　安琪·片冈

"这个宫崎爱看脱衣舞可帮了大忙了。"中村笑着对矢部刑警说。

这里的售票处也已关闭，二人从很陡的楼梯走下去，来到昏暗的地窖一般的入口。推开一扇沉重的门，霎时鼓声和小号的乐音飞入耳朵。

剧场里异常昏暗，需要缓一会儿视觉才能慢慢适应。

与昏暗的观众席形成鲜明对比，舞台在强烈的蓝色灯光的照射下分外耀眼夺目，微尘在光束中上下飘浮。两位舞娘在飘满灰尘的舞台上翩翩起舞。中村感觉自己仿佛进了夜店，竟对舞台和舞娘生出一股莫名的熟悉感。

狭窄过道的左侧，有一个屋子门上贴着"办公室"的门牌，中村敲了敲门，但是敲门声很快被乐队的演奏吞没了，屋里没人应答。中村再次用力敲了敲，门终于开了，开门的是一个戴着眼镜、颧骨突出、长得十分瘦削的年轻男子。他的脸色过分苍白，可能是被那蓝色灯光照的。男子知道来者的身份是警察后，皱了皱眉，冷冷地说了一声"请进"。

屋内极其狭窄，目测面积不到一坪①，仅摆放着一张桌子和两张圆凳。男子腰靠桌子站着，把两张圆凳让给中村和矢部刑警坐。房间举架很低，加上四面墙壁，给人一种强烈的压迫感。

"你们这儿有没有一个叫安琪·片冈的舞娘？"中村问男子。

"嗯。"男子点点头，掏出一根被揉皱了的香烟点燃，"那丫头怎么了？"

"我们想见见她，有话要问她。"

"她干了什么吗？"

---

① 坪，日本多用来丈量土地或房屋面积的单位，1 坪约等于 3.3 平方米。

"目前还不清楚，能让我们见见她吗？"

"我也想让你们见，不过她今天没来。"

"生病了吗？"

"谁知道呢。"男子漠不关心地答道，"那丫头身材好，跳舞也不错，整体还算过得去，但就是有个毛病，动不动就玩失踪。"

"失踪？"矢部刑警插嘴问，"这是怎么回事？"

"也不是什么大毛病，如果有赚得更多的活儿，她会偷着接。比如演出散场后，再去夜总会之类的地方跳舞。大部分舞娘都有这种副业，只不过人家都是在演出散场后，打过招呼才去的。但鱼糕小姐就不同了，她只要听说有钱赚，就会不打招呼马上飞奔过去。"

"鱼糕小姐……"

"哦，这是她的艳名，因为她胸部的样子像是圆润的鱼糕，所以都这么叫她。"

"原来如此。"老练的矢部刑警一副认真的表情点点头。看着矢部的样子，中村忍不住偷笑。面对矢部刑警过于认真的表情，男子反而有些不知所措。

"能不能再跟我们说说她还有什么反常的举动？"中村收起笑容，一脸认真地接上前面的问话。

男子点点头，把烟蒂扔到旁边的茶碗里，发出"呲"的一声。

"说起来是很长时间以前的事了，有一回她消失了差不多两个月，你猜她去哪儿了？"

"是出国旅行了吗？"

"差不多，去冲绳的路程也跟出国差不多了。"①

"去冲绳？"

"在那儿跳舞赚钱，对方包路费和食宿，一个月能净赚十二万到十五万日元吧，还能有点儿出国旅行的感觉，所以她那么想去也是情有可原的。但一声不吭地就去了，我这边可……"

"等一下，"中村突然打断对方的话茬，"她去冲绳是什么时候的事？"

"今年的4月到5月这两个月。大概是6月2日还是3日来着，突然没事儿人似的回来了，脸皮是真够厚的。"

"对方包路费和食宿的话，两个月下来，她能存下差不多三十万日元吧？"

"以她那么好的身材，一个月应该能拿到十五万日元的报酬。可惜啊，要是不那么挥霍，或许还能存下点儿钱。那帮丫头太能败家，净买些没用的东西。"

"她回来的时候，有没有买什么奢侈品？"

"没有，说起来，她对钱不太在意，但出去一趟回来竟然连伴手礼都没带，惹得其他的姑娘们不高兴地抱怨了一通呢。"

"也就是说，她也有可能一分不少地带回来三十万日元呗？"

---

① 冲绳位于日本最南端，所以此处这样说。

中村向男子确认后，跟矢部刑警交换了一下眼神。

6月5日那天，久松实的存折上存入了一笔三十万日元，而安琪·片冈是6月2日至3日间回来的，当时她很有可能带回来三十万日元的演出报酬，这样就吻合了。或许她是受到了久松的敲诈，为了赚够那笔钱才去冲绳的也未可知。

10月30日存入的那笔二十万日元，很可能也是她的钱。

"她9月或10月有没有再次去冲绳呢？"中村追问道。

男子摇了摇头，回答说："最近她很反常，开始认真地出场表演了。"

中村对这个答案显得有些失望，不过虽说安琪·片冈此后没再去冲绳，但也不能断定10月30日存入久松账户的那笔二十万日元不是她的。脱衣舞女郎的报酬本就比普通上班族要高，何况那男人说她还有其他副业。兴许是久松第一次拿到三十万日元尝到了甜头后，又进行了二次勒索，等到了第三次时，安琪·片冈发现摆脱不了后就动了杀机。

这种推断是合理的，不管怎么说，还得见见安琪·片冈本人才行，看看她到底何许人也。

"她住哪儿？"

"住在新宿柏木的叫'白鸟庄'的公寓，就在电话局的后身，很容易找到。"

"听说过一个叫久松实的男人吗？"

"姓久松吗？不认识，是她的男朋友？"

“很有可能，他跟周刊真实杂志社有一些关系。”

“周刊真实……啊！”男子拍了拍额头，似乎想起了什么，“要说那家周刊的话，我知道啊。那家杂志曾拿鱼糕小姐，哦不，拿安琪·片冈的照片当过封面。当时有个男的来到演出后台，说要用她当模特，那男的可能就是你们说的久松。大概三十五六岁的样子，个子很高，长得挺帅气……”

“应该就是他。”中村断言。

“久松是什么时候来的？”

“今年2月份吧。”

中村细想时间是吻合的，不排除久松是以拍摄杂志封面作为契机接近她，待掌握了她的秘密后再反过来勒索她；也可能是久松先掌握了关于她的秘密，然后才来接近她。但不管怎样，舞娘安琪·片冈被久松实勒索这件事可能性极大。

“最后一个问题，她的真名叫什么？”

“她本名叫片冈有木子，二十五岁，以我们这行的标准来看，也快要被归入大龄的行列了。”男子的话听起来十分残酷。

2

中村和矢部刑警二人来到新宿柏木的时候已是晚上10点10分，这不是一个适合拜访的时间，但为了调查杀人案，也顾忌不了那么多了。

"白鸟庄"跟久松住的"青叶庄"环境大同小异，都是简易公寓。这儿的管理员一副睡眼蒙眬的模样，询问后中村他们得知安琪·片冈——也就是片冈有木子，正在房间里。

按管理员的指引，二人找到了她住的房间，敲了敲门。

"谁啊？"里边是一个年轻女子的声音。

中村不理会，继续敲门，房间里传来一阵脚步声，随后门开了。

片冈有木子身着睡裙，头上裹着黄色毛巾，一脸狐疑地打量着门外的两张脸。

"你们是谁？"她冷漠地问道。

中村没说话，出示了警官证。女子的脸瞬间没了血色。

"我们有话要问你，可以让我们进去吗？"

"我不同意你们不也得进来吗？！"有木子赌气般说道。

进到屋内，映入中村眼帘的是被各种衣服塞得满满当当的大衣柜、挂满了华丽礼服的墙壁、有三面大化妆镜的梳妆台，以及一张与房内装饰极不搭调的奢华的床。床边整齐地并列摆着两个旅行箱。

"这是要出门旅行啊？"中村问。

有木子"扑通"坐到床上，答道："是啊，明早出发。"

"目的地是冲绳吗？"

"你们怎么知道？"有木子瞪大了眼睛。

中村微笑道："随便猜的啊。今天你请假了，去了哪里？"

"干吗这么问？"

"怀疑你跟一起杀人案有关系。"

"我完全不知道你在说什么。"

"今天，在南多摩的三角山，久松实被杀了。你认识他吧？"

"我不认识什么叫久松实的男人。"

"撒谎是没用的，久松实的房间里有很多张你的照片。而且，美人座的经理也证实了你认识久松实。"

有木子陷入沉默，她盯了一会儿中村和矢部刑警，咬了咬嘴唇，脸色变得苍白，随后开了口："好吧。我认识久松实，但他来找我只是告知周刊想用我的照片，仅此而已，我们也就见过两三回。"

"既然你这么说，姑且认为就是这样吧。但请你回答我刚才的问题，今天你都去了哪里，干了什么？"

"我跟签约的 N 经纪公司的人一起去外务省拿护照①了，又拍摄了宣传用的照片，然后才回来的。不相信的话，我可以给你们看护照。"

"时间呢？几点去的外务省？"

"下午 3 点从这儿走的。"

"走之前呢？"

---

① 因历史原因，有一段时期日本人去冲绳是需要护照的。

“在床上睡觉啊。”

“你自己吗？”

“当然了，能不能不要问这么莫名其妙的问题！”

“按你说的，上午10点到12点，这段时间你一直在睡觉啰？”

“是啊。”

“有人能证明那段时间你一直在房间里吗？”

“当然没有！”有木子声音尖厉地说，“这个世界上难道有人睡觉还找个人来监视？”

“很遗憾地告诉你，你明天的冲绳之行得取消了。”

“开什么玩笑！”有木子突然从床上站起来，瞪着面前的两个人，“我跟N经纪公司可是签了合同的，护照已经拿到了，宣传照也拍完了！”

“我会给N经纪公司打电话，告诉他们你去不了了。事关杀人案，怎么可能放你去？”

“久松真的不是我杀的！”

“怎么证明？”

“真的不是我啊！”

“我们没必要再说下去了，久松遇害是在11点前后，而你无法提供不在场证明。”

“我不是说了，我在床上睡觉啊！”

“明目张胆地跟我兜圈子。”中村耸了耸肩，“总之，明天你去不了冲绳了，如果逃跑的话，我会将你当作犯罪嫌疑人逮捕。"

"……"

"听说你 4 月和 5 月去过冲绳？"

"去了。"

"那两个月在冲绳赚的酬劳哪儿去了，应该有三十万日元吧？"

"花光了。"

"怎么花的？"

"记不清了，反正花完了。"

"是给了久松实吗？"

"我为什么给久松实钱啊？"

"久松掌握了你的把柄，并以此为要挟，向你勒索钱财。"矢部刑警开口道。中村目不转睛地盯着有木子的表情，发现她明显变了脸色。

有木子惊慌失措地辩解道："没有啊，没有那样的事！"

于是中村更加坚定了自己的推测。

这女人肯定被久松当成了摇钱树，这就跟此前找到的涂鸦上的那句"天使能换钱"吻合了，况且她也没有不在场证明。以此推测，明天的冲绳之行恐怕是她事先计划好的出逃行动。

中村和矢部刑警再次跟她强调了一遍不要离开东京后，才离开房间。

3

来到公寓楼外，才发觉11月的夜晚还真是冷。矢部刑警把外套的领子立了起来，问中村："拿到逮捕证了吗？"

中村点燃一支烟，说："时机没到呢，目前存在疑点，也没有直接证据证明她是凶手。还是要先找到那女人就在案发现场的证据。"

"万一她跑了呢？"矢部刑警抬头看了一眼片冈有木子房间窗口的灯光说，"如果她是凶手的话，我认为她肯定会逃跑的。毕竟已经拿到了去冲绳的护照，她可以先逃到冲绳，再从冲绳飞往香港一带。"

"是有这种可能的。"中村点点头。

"我来监视她吧。"矢部刑警说，"为慎重起见，虽说晚上10点以后应该没有从羽田机场起飞的航班了，但她也有可能逃出东京。"

"那就拜托你了。"中村对矢部刑警说，"一会儿我联系宫崎刑警，让他来支援你。"他再次抬头看了看公寓楼后，返回了搜查一课。

中村把留守在办公室的宫崎刑警派去支援，随后他拨通了南多摩警察署的电话。接电话的是南多摩警察署的刑警，他的声音听上去无精打采的。

"截至目前，没什么进展。"电话那头传来刑事部部长的声音，"天黑以后我们打着手电筒在案发现场附近又搜查了一遍，没发现凶手遗留的物品。"

"找到拿路标搞恶作剧的人了吗？"

"还没，应该不是当地人，昨天是周日，有外地来徒步的五六个人登过三角山，也许搞恶作剧的人就在他们当中。"

"去走访了吗？"

"这个嘛……"电话那头的声音听起来很谨慎，"没发现什么有用的线索。"

"明天我们会送照片过去，你们拿着照片再去走访吧。"

"锁定凶手了吗？"

"没有，刚发现嫌疑人，是一个叫片冈有木子的二十五岁脱衣舞娘，艺名叫安琪·片冈。有迹象表明她曾遭到死者久松实的勒索。"

"这的确可疑，如果能找到那女人来过三角山的证据就好了！"

"那就拜托你们了！"中村说，"此外，有没有其他值得关注的发现？"

"有倒是有，但恐怕跟这起案子没关系。"南多摩警察署的刑警依旧十分谨慎地说，"那一带的农民报警说丢了一个稻草人。由于庄稼都收割完了，所以丢个稻草人倒是也没什么影响……"

"丢了稻草人啊……"中村略显失望，但他不能对提供情况的刑警反应过于冷淡。

"这很有意思啊。"中村说，"丢失稻草人的事情时常发生吗？"

"此前仅发生过两起，是来徒步的游客觉得好玩给拔走的。近来人们是越来越缺乏公德心了，真是让人头疼……"听南多摩警察署刑警的口气，似乎已断定这回稻草人丢失也是这些徒步者的恶作剧。中村也并无怀疑，因为遇害的是活生生的人，又不是这些由竹子和稻草编成的稻草人。

中村挂断了电话。紧接着，电话像一直在等他挂断似的，立刻又响了起来。来电话的是前去支援矢部刑警的宫崎刑警。

"我到了，但是没见着矢部刑警。"

"他不见了？"中村心头掠过一丝不安，"片冈有木子呢，还在房间里吗？"

"从外边看房间里的灯是亮着的，但不清楚她是否在屋内。"

"你上去看看，她可能逃跑了。"

"收到！"

电话被挂断了，中村感到自己已无法平静。

若是矢部刑警不见了，那极有可能是片冈有木子逃跑了。矢部是资深刑警，见她逃跑必定紧追不舍。让人担心的是矢部刑警现在孤身一人。

　　因为原则上，不论是监视还是跟踪，都至少要两人配合。一个人的话很容易被甩掉。正因为有此担心，中村才马上让宫崎刑警前去支援，但或许还是晚了。

　　很快，中村接到了宫崎刑警打回来的电话。"片冈有木子不在房间里。"他的声音听上去很紧张，"我让管理员打开了她的房门，里边空无一人，旅行箱也不见了。现在怎么办？"

　　"事到如今怕是追也追不上了，这样吧，你留在那里搜查她的房间。她既然逃跑了，就很可能是凶手，搜查她的房间或许能找到些线索。"

　　"明白！"

　　中村挂断电话，抬头看了眼挂钟，时间已经过了0点，现在是11月16日凌晨，案发已经是昨天的事了。

　　矢部刑警的跟踪进展顺利吗？宫崎刑警在片冈有木子的房间会找到认定她是凶手的证据吗？为了平复情绪，中村点燃一支烟。他站起身，眺望窗外。政府机关林立的街道，夜里不见霓虹闪烁，他抬头望向幽暗的天空，才注意到已下起蒙蒙细雨。雨是从何时开始下的呢？雨丝极细，如雾似烟。窗户关着，听不到一丝下雨的声音。

　　第一支烟燃尽的时候，桌上的电话响了。中村伸手去接。

　　"是宫崎吗？"中村问道。

　　"我是矢部。"电话那端的声音干枯嘶哑，"安琪死了。片冈有木子死了。"

4

中村一时间没反应过来矢部刑警的话。

"死了? 自杀吗?"中村的声音也已干哑。

"不,是意外死亡。"

"意外死亡? 究竟发生了什么?"

"你回去后,她打过一个电话,我本以为她是打给 N 经纪公司要取消行程。结果,虽说的确是打给 N 经纪公司了,但却是让他们帮助她逃跑。过了一会儿,一个年轻男子开车来接她,她是从后门上车逃跑的,所以我来不及阻止他们,只能立即拦下一辆出租车,紧追上去。"

"她坐的车出了事故?"

"嗯,他们发现有人在追,就加快了车速,开到了差不多八十迈。沿着从四谷到有乐町的有轨电车的大道一路狂奔。糟糕的是,中途下起了雨……"

"啊!"中村手握话筒点着头,原来是那场雨引发了事故。

"车子突然打滑,急速撞向半藏门附近的安全岛①。"

"当场死亡吗?"

---

① 安全岛,日本为保证上下有轨电车的乘客的安全,在马路边设置的专用区域。

"开车的那个 N 经纪公司的年轻男子当场身亡，片冈有木子在我赶到时已经奄奄一息，她是在被送往医院的途中死亡的。"

"她临死前没说什么吗？"

"什么也没说，虽然当时还有呼吸，但她那时无法开口说话。"

"什么都没说啊……"中村在电话里遗憾地叹气道。

"现在我需要做什么？"矢部刑警的声音略显疲惫，自己追踪的犯罪嫌疑人突然离世，或许他的心情也十分复杂。

"你人在哪里？"

"英国大使馆旁边的医院。"

"她的旅行箱呢？"

"应该还在事故现场。"

"你辛苦一趟，把她的旅行箱带回来吧。"

"明白。"矢部刑警语气严肃地说，"有一件事我想问你。"

"什么事？"

"你认为是片冈有木子杀了久松？"

"并不确定，但是她的出逃一定有隐情，你觉得呢？"

"我不知道。"电话那边的矢部刑警声音低沉，"如果她是无辜的，那等于是我害死了她。"

"你不要这样想。"中村大声道，"这件事责任不在你，是她不应该逃跑。"中村坚定地说完，挂断了电话。

第四章

天使酒吧

1

记者们对于片冈有木子出事时警察正在追踪调查她并不知情，仅被告知她是死于交通事故。

当得知是搜查一课的矢部刑警将片冈有木子送到医院的线索后，记者马上要求采访他。因为作为搜查一课的资深刑警，不可能无缘无故在深夜让一辆出租车飞速奔驰的，况且，矢部刑警正负责那起杀人案的调查工作。

搜查课长只得无奈承认警方已经将目标锁定在安琪·片冈——也就是片冈有木子身上。

"但是我们警方并未认定她就是凶手，也未掌握她是凶手的确凿证据。"课长深思熟虑后开口道。

然而出席发布会的记者田岛却从课长的发言中听出了不一样的讯息，他感受到调查当局的信心，知道警方一定是掌握了什么线索。现场的记者中，与他有同样想法的大有人在。

"但是，警方将目标锁定为片冈有木子是出于什么考虑呢？能不能谈一谈？"有记者问。

课长和中村警部补对视了一眼。

"我们在久松实的房间找到了她的照片。"课长没开口，中村警部补代为答道。

"仅仅如此吗？"

"仅仅如此。"中村警部补用记者的话回答。

随后，课长坚定地说："目前我们能披露的只有这些。"

发布会就这样结束了，可记者田岛坚信搜查一课的课长一定有所隐瞒。

田岛返回报社后将情况汇报给编辑部主任。

"很蹊跷啊。"编辑部主任听完后若有所思地说道，"真的只因为在被害人房间发现了那个女人的照片就跟踪她？"

"搜查课长和中村警部补似乎对调查很有把握，他们一定有其他的理由。"

"会是什么理由呢？"

"我刚想到一件事。"

"什么事？"

"片冈有木子是浅草美人座俱乐部的脱衣舞娘，艺名安琪·片冈。一般舞娘都是以艺名示人的，所以警方锁定的目标并非片冈有木子，而是安琪·片冈。"

"说的不都是同一个人吗？"

"这可不同，问题的关键在于'安琪'两个字。'安琪'翻译成日语是'天使'。"

"所以呢？"

"久松实在临死前说了一个'ten'字。这是我亲耳听到的，不会有错。"

"我明白了！"编辑部主任激动地大声说，"他想说的可能就是'天使'啊！"

"对，所以警察将目标锁定在了安琪·片冈身上。"

"这样一来就说得通了，但如果天使就是指凶手的话，其他叫天使的人也有嫌疑啊。"编辑部主任一脸困惑地说，"久松这个人女性关系复杂，天使指的或许不单是安琪·片冈一人，比方说他跟某个护士有关系，那也可能指的是那个天使——白衣天使嘛。"

"这样说来，可能性就很多了。"田岛也十分同意编辑部主任的想法，"况且，天使也不应局限于女人。比如要是有一艘名为'天使号'的邮轮，杀害久松的是这艘邮轮上的船员，那么久松在临死前由于意识模糊，无法准确说出凶手的名字，脑中却浮现出凶手所在的邮轮的名称于是脱口而出，这种情况也很有可能。"

"的确如此。"编辑部主任微笑着说，"按照你的思路，或许也有名为天使的夜店或咖啡馆。调查久松身边与天使有关的人，或许会很有意思。"

"如果凶手果真在我们找到的天使当中，那我们就能写成一篇特别报道。"

"很有可能。警方似乎已锁定片冈有木子，但我想他们应该没有掌握决定性的证据，否则早就公布了。”

"我们把久松身边的人逐一排查一遍吧。"田岛对编辑部主任说着，站起身来。

2

田岛首先来到位于左门町的青叶庄公寓。来到公寓的时候已是下午3点，此时公寓管理员一副昏昏欲睡的样子。

"关于被害人久松实，有些事情我想了解一下。"

"还没完啊？"管理员听了田岛的话后眉头一皱，回应道，"之前跟警察也说过了，我对久松先生没什么了解。"

"想问一下，久松有没有在什么情况下提到过'天使'或者'安琪'之类的词？"

"你说'天使'啊？"管理员歪着头回忆着。

"对，就是'天使'。有没有听到过？"

"这样说来，好像有类似的事情。但'天使'这个词不是久松先生说的，是我说的哟。"

"你说的？"田岛一脸狐疑地追问，"能不能把当时的情况详细跟我说说？"

"也不是什么大事。大约两周前吧，有一个长得十分漂亮的女人来找久松先生。"

"是她吗？"田岛从口袋里掏出片冈有木子在舞台上表演的照片，拿给管理员看。

管理员看了一眼马上说："不是她。"

"不是她？"田岛瞪大了眼睛，"确定不是她吗？"

"确定啊，照片上的女人我知道，报纸上登了她的照片，死于车祸嘛。"

"你刚才提到的那个女人都做了些什么？"

"她进了久松先生的房间，不一会儿就阴沉着脸出来了，一副快要哭了的样子。随后我对久松先生说：'你怎么忍心欺负那样一个天使般的人呢？'"

管理员缓了口气，把手边喝了一半的牛奶一饮而尽。

"然后呢？"田岛追问道，不管怎么说，提到天使他就情不自禁地紧张起来，"久松当时说了什么？"

"久松先生只冷冷地笑了笑。"

"只有这些？"

"还有，在那之后他说了一句奇怪的话。他问我，如果有两个以上的天使，应该叫什么？"

"两个以上？"

"我回答说不知道，随后他说了一个很难的词，类似于安什么或是阿什么……"

"是'安琪'吗？"

"对，就是'安琪'。"管理员重重地点了点头。

田岛神情疑惑地抱住双臂，这似乎印证了编辑部主任的猜想，天使除了片冈有木子以外还另有其人。可其他的天使究竟在哪里呢？

田岛看向管理员，她似乎早就困得撑不住了，趴在桌子上打起盹儿来发出微微的鼾声。田岛碰了碰她的肩膀，她也没有要醒来的意思。田岛无奈地离开了公寓。

3

田岛紧接着又来到了与久松有关的周刊真实社。当他向总编辑横山知三出示了记者证后，对方缩了缩脖子，一副"怎么又来了"的神情。看来别的记者们也追查到这里了。

"你也是来询问久松实的事情的吧？我提供不了任何值得报道的线索。"

"可是，久松来你这里贩卖过新闻吧？"

"嗯。"

"警察来过了吧？"

"你不也想问同样的事吗？"横山不耐烦地皱了皱眉，"怪不得每天翻开报纸所有的报道都大同小异。"

"警察的确来过吧？"

"来过，来了两个人，从垃圾箱里翻出了久松扔掉的纸片。

只有这些。"

"那张纸上写了什么吗？"

"我哪知道，刑警们不让看，我也没有兴趣看。"

"真的吗？"

"当然。"

田岛观察着对方的神色，他究竟是被警方封了口，还是当真一无所知，从表情上很难判断。

"咱们换个话题吧，久松是否提到过'天使'这个词？"

"天使？"

"或者是'安琪'。"

"之前跟久松常去一家天使酒吧。"

"天使酒吧？……"田岛的脸突然涨得通红，苦苦寻觅的答案突然干脆利落地出现了，一瞬间，他竟有些吃惊。

"你知道那家酒吧？"

"我是第一次听说。久松是这家店的常客吗？还是横山先生您跟这家店比较熟络？"

"久松跟他家比较熟，还总吹嘘说在那家店消费可以挂账。"

"要是可以挂账的话，久松跟那家的妈妈桑①很熟悉喽？"

"是啊，妈妈桑可是个大美人。有时看到他俩亲热，我还会发火呢。"横山苦笑着对田岛说。

---

① 妈妈桑，此处指老板娘。

4

从新宿三丁目的主街拐进一条很窄的小巷，向里走五米左右就能看到天使酒吧。

酒吧大门被涂成了黑色，上边用白色颜料写着"天使"两个字，旁边画着做射箭动作的爱神丘比特。丘比特也是天使啊，田岛脑海中闪过这个念头。但马上又觉得不对，对于这个想法不是很确定。后背长着翅膀，或许能看成是天使中的一员吧。

田岛推开沉重的大门，进到酒吧里，马上有一名身着单薄中式旗袍的年轻女子挎上他的胳膊，把他引到里边的位子上。或许是时间尚早，也可能是店里生意不佳，此刻酒吧里只有田岛一个客人。

店里有三位年轻女子，却没见到像是妈妈桑模样的人。田岛点了啤酒，随后问道："妈妈桑呢？"

"一会儿就来了。"坐在旁边的女子答道。那是一个很胖且面部扁平的女子。或许是为了吸引客人，她故意把腿高高地跷起，从旗袍的开口处露出了白胖的大腿。换作平时，田岛早就按捺不住上手了，但今天他没这个心情。

"能告诉我妈妈桑的名字吗？"

"问这个干吗？"

"听说她是个大美人，所以想认识她。"

"男人就只会说这些，因为长得好看所以想认识之类的。"

"不可以吗？"

"我坐在你面前，你不想知道我的名字，却那么关心妈妈桑的名字，难道不失礼吗？"

"确实啊。"田岛苦笑着摸索自己的口袋。他在外国电影里看到过私家侦探以优雅的手法将钱塞到对方的手中，借此打听消息的桥段，田岛想模仿这个动作，却不太熟练，掏出来的五百日元纸币皱巴巴的。他将纸币对折，动作实在难说是优雅。女子却似乎对这种操作见怪不怪，十分老练地将五百日元接过来塞入胸间，咧嘴笑了笑。

"妈妈桑本名绢川文代，如果你想知道她的年纪，我也可以告诉你哦。她自称二十九岁，其实都三十二岁了哟。"

"长得美若天使吗？"

"美是美，只不过是上了年纪的天使。"女子开口大笑道。

"听说她是久松实的女人，真的吗？"

"久松？就是昨天被杀的那个人吧？"

"对，他经常光顾吗？"

"差不多一周能来一次吧。"

"他俩的关系呢？"

"他俩去宾馆开房时被我们这儿的一个女孩儿碰到过，此外还有一个传闻……"女子谨慎地压低了声音，"妈妈桑被这个叫久松的给骗了。"

"被骗了？"

"据说那男的以结婚为诱饵，从妈妈桑那里捞走一大笔钱呢。"

"还有女人被男人骗婚的啊？"田岛笑了笑，心里却突然紧张起来。如果面前的女子说的都是真的，那么这家店的妈妈桑也有杀人动机。

"她被骗这件事是真的吗？"

"好像是真的哦，女人对结婚这个词没有抵抗力。况且妈妈桑年纪也不小了，肯定着急嫁人。总之，妈妈桑一直在供养着久松，这是不假的。"

"给他钱吗？"

"钱也给，还会为他定制西服之类的，真是可怜，女人一旦如此就真没骨气了。妈妈桑这个人吧，平时十分要强，但是一遇到男人，就变得没出息了。"

"你说她被骗了，那久松到底有没有想要跟妈妈桑结婚啊？"

"那种男人，怎么可能动结婚的念头。他来这儿还会跟我调情呢。"

"跟你？"

"没必要这么吃惊吧，我又不是没人要了，又年轻又鲜嫩的。"女子拍了拍她的大腿说道，"还有，他跟我上床的时候还会厚颜无耻地说什么，他就喜欢年轻的女人。不敢说他绝对没动过跟妈妈桑结婚的念头吧，但至少是让人难以置信的。话说回来，怎么样？"

"什么怎么样？"

"别装蒜了，今晚，我陪你怎么样？"

"谢谢，不用了，今晚我还有事要忙。"田岛笑着婉拒道。话音未落，门开了，进来一名客人，旁边跟着一名身着和服的女人。

田岛座旁的女子轻轻捅了捅他的腰侧，说："你要等的妈妈桑来了。"

5

眼前的女人的确是个大美人。秀美的瓜子脸与紫藤色的和服极其相称，乍眼看上去有种厌世之美，可能是天生如此。

田岛站起身，走到吧台旁，开门见山地自报家门，亮明自己的记者身份。她的脸上掠过一丝不易察觉的阴郁神色。

"您是来了解我跟久松的关系的吧？"

"是的。"

"如果我告诉你，我们没关系，你会相信吗？"

"不会，"田岛微笑着说，"没办法相信啊。"

"的确。"文代也笑了。

"你从她那里听到不少关于我的事吧?"文代将目光转向刚才一直陪着田岛的女子,"那女孩儿挺健谈的……"

"结婚的事情,确有其事吧?"

"结婚这个词不管对多大年纪的女人来说,都有极大的魅力啊。"

"久松先生是打算跟你结婚的吗?"

"久松怎么打算的,我无从知晓。"

"是因为你害怕知道真相吗?"

文代一时语塞并没回答。她抽出一根烟叼在嘴上,想用火柴点,却怎么都划不着。她的指尖微微有些颤抖。

田岛掏出打火机,替她点燃。

"谢谢。"文代说,"说到哪儿了?"

"你很爱久松先生吗?"

"我也不清楚。我没说谎,事到如今,我只能说不清楚对他的感情,这恐怕就是最真诚的答案了。"

"我能问一个有些失礼的问题吗?"

"你已经在问了不是吗?"文代苦笑着反问道,"你还想知道什么?"

"你是否恨过久松先生?他一边跟你交往,另一边又跟一个叫安琪·片冈的脱衣舞娘纠缠不清。我想你应该是恨他的。"

"也就是说,你想知道我是否恨到想要杀了他的地步。"

"我没这样说。"

"意思是一样的。我恨久松，也想过要杀他。怎么样，满意了吗？"

"是你杀的吗？"

"不是，说了你也不会相信。"

"有证据的话我就会信。久松先生遇害的时间是昨天上午11点左右，他就死在我的面前，更准确地说，他是死在我的怀中。"

"你的怀中？"文代微微张了张嘴，"你是，最后见到他的人？"

"是的，我还听到了他死前说的最后一句话。对了，你有不在场证明吗？"

"不在场证明？"

"昨天中午11点的不在场证明。"

"没有啊。"文代冷冷地说完，往玻璃杯里倒入威士忌，一饮而尽，"干我们这行的，白天基本都在睡觉，想证明也没法子，也等于我拿不出不在场证明。这样一来你就更加认定我是凶手了吧？一个被骗婚的酒吧女，杀死了男友，会是一篇有意思的报道吧？"

"没证据的事情，我们是不会写的。"

"哦，可惜了。"文代突然间露出哭笑不得的神情，"我跟你说实话吧。"

"实话？"

"久松确实是以结婚为幌子接近我的，我一开始就知道他在骗我。干这行这么久了，男人的话是真是假我还是能分辨出来的。但我还想继续做梦，做会有男人愿意爱我、愿意娶像我这样的女人的美梦。所以我心甘情愿给久松钱，给他定做衣服之类的。或许你认为是久松骗我的手段太高明，其实是我在欺骗自己。"

"我不明白，最后受伤的难道不是你吗？蒙受损失的难道不是只有你吗？"

"你这么想也没关系。有时我也会想要杀了久松，但如果久松还在世的话，我到如今还能继续沉溺于自我欺骗的梦境里。久松是个无耻的男人，他死有余辜。可他对我来说却是不可替代的。像你这种一直生活顺遂的人是无法理解我的心情的。如果你的恋人背叛了你，你受了伤自然会明白。你也有恋人吧？"

"……"

田岛哑然地看着绢川文代的脸。

6

没多久，田岛从天使酒吧离开了。

文代在一番奇怪的自我剖白后，像是自暴自弃似的，一杯接一杯地喝得酩酊大醉，田岛没办法再继续问话了。她的醉态是真的还是在演戏田岛分辨不出。不仅如此，就连她的自我表白是否是真的也不能确定。

她承认了跟久松的关系，也承认动过想要杀了久松的念头。借此推断，或许她觉得，与其否认，不如在某种程度上承认更为明智。文代不是小姑娘，连她自己也说干这行多年，自然城府颇深。

田岛一边在夜幕下的街道上走着，一边想起青叶庄管理员的话。

管理员曾说有一个漂亮的女人两周前来找过久松。当时管理员还对久松说过"你怎么忍心欺负那样一个天使般的人呢"这样的话。

那个女人是否就是绢川文代呢？

如果是她的话，管理员所说的"阴沉着脸，一副快要哭了的样子"更加重了她的嫌疑。这说明两人之间一定发生了什么。

田岛想到应该要一张绢川文代的照片，拿着照片给管理员一看，事情就清楚了。可是绢川文代醉成那个样子，就算现在返回去恐怕也拿不到照片。想来可以明天再去一趟，要一张或者重新拍一张都行。这样想着，田岛回到了报社。

编辑部主任对田岛的情况汇报甚为满意。

"果然，久松身边还有另一个天使。"

"如果把照片拿给管理员看，管理员却说不是她的话，那就一定有第三个女人。"

"第三个女人啊。"编辑部主任露出一副艳羡的神情，"久松这个男的艳福不浅啊。"

"被杀了，就一切成空了哦。"田岛说着，脑海里浮现出女朋友山崎昌子的面容。一想到她，自己就一点儿都不羡慕久松那种男人了。

"有机会的话真想见见那位美女妈妈桑啊。"正当编辑部主任半开玩笑地说着时，放在两人之间的电话响了起来。

编辑部主任接起电话跟对方说了两三句后，表情凝重起来。挂断电话，他用力地盯着田岛说："应该不需要绢川文代的照片了。"

"可是，如果不让青叶庄的管理员看照片确认的话……"

"那个管理员死了。"

7

"死……死了？"田岛呆住了。

就在几个小时前，田岛还在跟管理员说话，现在那个管理员竟然死了……

"是自杀？"

"还不能确认，死因好像是服用过量安眠药。"

"安眠药?"这个词让田岛的脑海中掠过一些细节。

那时正在回答田岛提问的管理员一副昏昏欲睡的样子,回答完就趴在桌子上睡着了,田岛回想起她圆润的背影。

当时田岛推了推她的肩膀,她没有要起来的意思,所以田岛无奈只得离开青叶庄。当时田岛只是单纯以为管理员有点儿累了,或是室内温度较高引发了她的睡意,他完全没有想到那时管理员的生命危在旦夕。一想到这儿,田岛的后背一阵发寒。

田岛赶忙前往青叶庄。

到达现场后,田岛窥视了一下管理员的房间,尸体已经被警方移走,房间里显得空荡荡的,日常用品非常少,给人一种冷清的印象。田岛向房间内窥探的时候感到有些可疑,几小时前田岛在这里跟管理员说过话,那时房间里的样子跟现在有所不同。这个房间除了管理员不在了以外,还缺了些东西。

缺了牛奶瓶!

空的牛奶瓶不见了!

管理员跟田岛谈起天使的话题时,中途把剩了一半的牛奶一饮而尽。田岛至今还清楚地记得牛奶入口时异常浓郁的乳白色,喝完她就睡着了,没有处理牛奶瓶。

那个牛奶瓶去了哪里?

田岛认为应该是被警察收走了,除此之外没有别的可能。服用过量安眠药而死的人身旁放着一个空的牛奶瓶,毫无疑问需要检查一下。

　　为了慎重起见，田岛找到在现场的宫崎刑警询问。

　　"牛奶瓶？"年轻的宫崎刑警感到很奇怪，"没在管理员的房间里见到什么空的牛奶瓶，只发现了名为'阿尔德林'的安眠药空瓶。牛奶瓶有什么问题吗？"

　　"哦，没什么。"田岛慌忙敷衍道。

　　宫崎刑警应该没在隐瞒。那么，牛奶瓶到底哪里去了？

　　田岛发现在管理员房间的旁边，安装着一个黄色的牛奶箱。箱子上贴着一张名签，上边写有"田熊加奈"，应该就是管理员的名字。

　　田岛往箱子里看了看，发现了一个空的牛奶瓶。这个空瓶跟田岛此前见过的是同款。

　　按常理来讲，放在贴有管理员名字的牛奶箱里的牛奶瓶，应该就是此前他看到的那个。可究竟是谁把空瓶子放进来的呢，会是田熊加奈本人吗？可如果她当时已经性命垂危，就根本不可能去收拾空瓶。

　　（如果管理员死于他杀的话……）

　　田岛越想越激动，或许凶手为了制造自杀的假象掩人耳目，才故意把空的牛奶瓶放回箱子里的。

　　田岛是最后一个跟管理员说话的人，也只有田岛知道关于牛奶瓶的事情。其他媒体的记者不可能掌握这条线索，从宫崎刑警的言语间不难得知连警方也并未发觉此事。

　　（自己可能拿到了独家报道的素材。）

想到这里，田岛感到身体竟开始发抖。

他迅速环顾四周，刑警和记者们都忙着探查管理员的房间，没人关注牛奶箱。

他从口袋里掏出手帕，立即把牛奶瓶包起来，塞进风雨衣的口袋里。此时，中村警部补进到了公寓里。

田岛匆忙从牛奶箱旁离去。

8

编辑部主任半信半疑地听着刚从案发现场返回的田岛的讲述。

"就是说，你确信牛奶中被掺入了安眠药？"编辑部主任问。

田岛点了点头："管理员田熊喝完牛奶后就睡着了，这是事实。我亲眼所见，就是没有证据。"

"倘若真如你所说，这事情有点儿意思啊。"编辑部主任嘴上这样说，表情还是将信将疑。他似乎认为事情过于不可思议。

"想要自杀的人是不会刻意将安眠药溶到牛奶里服下的。"田岛说，"所以我认为他杀的可能性很大。"

"嗯，可说到底这些都是你的猜测。"编辑部主任谨慎地说，"推测的事情是不能写进报道里的。"

"所以我把这个牛奶瓶带回来了。"田岛拿出用手帕包着的牛奶瓶，"瓶内还残存一点儿牛奶，我想把它拿去化验，你有办法吗？"

"我有个朋友在制药公司的研究室工作，我可以拜托他帮忙化验，就是需要些时间。如果能检测出安眠药的话，那可是重大收获。"

编辑部主任说完，眯着眼，对着荧光灯查看起瓶底残存的一点儿牛奶。不知为何，那白色的液体的确有些浑浊。

"我相信一定会检测出安眠药的。"田岛带着兴奋的语气说，"这准是一起精心策划的谋杀，牛奶送达后，凶手向牛奶里掺入安眠药。凶手应该是小心地把瓶口的盖子或玻璃纸轻轻揭开，把药投进去，再将瓶口恢复原貌。况且每天喝牛奶的人，即使盖子稍稍歪斜一点儿也不会在意。"

"凶手估计她喝完后，把空药瓶摆在管理员的房间，把空牛奶瓶放回牛奶箱了？"

"公寓里进进出出的人很多，除了公寓的住户之外，还有来访的客人、推销员、报纸配送员、水费收缴员等，管理员门前的走廊很长，凶手可以轻松出入。况且只要到了第二天早上，牛奶箱里的空瓶就会被牛奶店的人取走并冲洗干净。这样一来，掺入安眠药的证据就可以被完美地销毁了。"语毕，田岛不自觉地用手抓了抓头，自说自话一番后，他觉得有点儿不好意思。编辑部主任也笑了。

"对于管理员的死，警方肯定有些怀疑。"编辑部主任说，

"若真如你的推断，死因是他杀，而且与久松被害有关联，那么片冈有木子是凶手的推断就不成立了。"

"这样说来，中村警部补也去了现场，或许他正是出于担心才赶过去的。"田岛说。

中村警部补为什么会突然出现，莫非警方也怀疑这是他杀？

第五章

笔迹鉴定

1

中村警部补一边听着先到的宫崎刑警汇报情况，一边暗暗希望田熊的死是自杀。

田熊加奈不是普通的管理员，而是昨天在三角山被杀害的久松实所住公寓的管理员。如果她的死是他杀的话，无论如何会与久松被害一案有所牵连。而且，若是同一凶手所为，那么片冈有木子是凶手的判断就站不住脚了。

中村曾坚持认为片冈有木子是杀害久松的凶手。这不是中村自己固执的看法，而是整个搜查总部①的意见。警方认为她当初试图逃跑，正是因为害怕被捕。

问题是要找到证据。

为此，矢部刑警从交通事故现场带回了片冈有木子的旅行箱，宫崎刑警搜查了她的公寓，可都没找到认定她是杀人凶手的决定性证据。

偏偏此时传来了青叶庄管理员突然死亡的消息。宫崎刑警

---

① 搜查总部，为特殊案件临时成立的专项案件侦查组（专案组）。

第一时间赶往现场后，中村也坐不住了，他无论如何都要确认管理员究竟是自杀还是他杀。

此刻恰好久松实的尸检结果送到了，中村无法平静地看完结果就匆忙披上风雨衣，赶往位于左门町的公寓。

宫崎刑警表示，目前无法明确判断管理员是自杀还是他杀。

中村面露难色，又检查了一遍管理员的房间。房间内靠窗摆着一个衣柜，还有一张小桌子对着门口。

"听说她被发现死亡时就是趴在那张桌子上的。"宫崎刑警介绍道。

"报案人是住在二楼的一个叫野田的上班族。起初他以为管理员只是由于疲劳打了个盹儿，所以没太留意。待他泡过澡回来后，发现管理员依然昏睡不醒，于是慌忙找来医生，但那时已经来不及了。"

"据说在她旁边发现了安眠药的瓶子？"

"刚才司法鉴定的人把药瓶拿走了。药名是'阿尔德林'。"

"阿尔德林？"中村隐约觉得自己似乎在哪里听过这款药，但一时又想不起来。

"是市面上常见的药吗？"

"去附近的药店问过了，据说这款安眠药早在四年前就下架了。"

"下架了？"

"就是那款药，孕妇服用后对胎儿造成伤害的。"

"啊，想起来了。"中村点点头。他回忆起来了，那起事件四年前曾闹得沸沸扬扬。

这是一款国外研发的安眠药，在日本以"阿尔德林"为名销售，孕妇服用此款药物引起了胎儿畸形，在当时引发了社会新闻。

她怎么会服用四年前就已经禁止销售的药呢？

"调查过那名管理员吗？"

"初步调查了，死者名叫田熊加奈，四十九岁，孤身一人没有亲人。之前有过一个儿子，六年前死于交通事故。"

"她是这幢公寓的房东吗？"

"不，只是被招聘来当管理员的。可能也是因为没什么亲人，所以才选择了这份工作。"

"身体状况呢，有无病史？"

"心脏不太好，据医生说有慢性心脏病。"

"是一个孤单无依、心脏不好的四十九岁女性啊……"中村边自言自语，边看向宫崎刑警，"不能说没有自杀的动机。"

"我也认为自杀的可能性很大。"宫崎刑警点点头。

"我们走访了公寓的住户，了解到管理员并未与人结过仇，也没什么财产，所以排除了谋财害命的可能。最棘手的问题在于，此案发生在久松实生前居住的公寓楼。"

"我也认为这是个问题，但……"中村句尾用了转折的语气，态度模棱两可，显然是希望她真正的死因是自杀。可现阶段，无一证据能证明究竟是自杀还是他杀。

（只能等待尸检结果了！）

中村再次扫了一眼显得空荡荡的管理员房间，不禁涌出一股焦躁的情绪。

2

翌日下午，田熊加奈的尸检结果还没出来。中村明白这的确需要些时间，可他总感觉这里边有问题，实在无法等下去，于是打电话到法医那里。

"是不是有点儿过于着急了？"电话那边一位与他相熟的法医缓缓道，"拿给你的久松实的尸检报告看了吗？"

"看过了。"中村语速很快，心情焦虑语速自然也变快了，"跟我猜测的差不多，没什么特别之处。致命伤是刺中心脏。身上没有打斗的伤痕，有一些挫伤是跌落悬崖时造成的。跟此前的猜想如出一辙。"

"科学存在的意义不是为了哗众取宠或者震惊世人。"

"我明白。田熊加奈那边到底怎么样，已经下午3点了啊。尸检还没结束吗？"

"基本结束了，但目前已知的死因仅是服用安眠药过量，按你的说法是都在意料之中，没什么特别的发现。"

“她的死有没有意外事故的可能？”

“你的意思是误服了过量的安眠药？”

“嗯。”

“目前还无法这样判断。药瓶上的用量说明写得很清楚，而且那可是‘阿尔德林’啊，你听说过有关这款药的新闻吧？”

“听说过，阿尔德林畸形儿嘛。”

“对啊，恐怕死者也知情。所以说通常来讲，单纯为了助眠服用这药应该会有很多顾虑吧。”

“所以你的意思是，她吃这款安眠药不是为了助眠，只是想自杀？”

“说得没错。当然了，这是在死者主动服药的前提下。”

“阿尔德林比其他种类的安眠药强效吗？换句话说，更容易致死吗？”

“并不是。”

“不是？”

中村有些疑惑。在此之前，在他模糊的概念里，一直以为阿尔德林是强效安眠药。

“因为会导致胎儿畸形，所以一般大众都会以为这款药很强效。其实不然，它的有效成分释放得很缓慢，所以在刚问世不久，这款药还曾被认为副作用很小而广受好评呢。”

“可田熊加奈死了啊。”

“有效成分释放缓慢并不代表绝对安全，况且死者有心脏病史。"

"那结论呢，到底是自杀还是他杀？"

"还不能下结论，既不能断言是自杀，也不能说有他杀的嫌疑。抱歉了。"

"死亡时间呢？"

"下午3点30分到4点30分之间。胃中还残留着面包和牛奶，说明午饭吃得很晚，之后就死了。在目前的阶段，能得到的信息只有这些。剩下的得你去调查，这是你的工作呀。"

"明白啦。"

中村挂断电话。

到底还是没弄清楚究竟是自杀还是他杀。中村站起身，去往在另外一栋楼里的司法鉴定课，在那里得到一条线索：从阿尔德林空瓶上只验出田熊加奈一人的指纹。可单凭这些没法断言是自杀。若是他杀，谨慎的凶手完全可以做到滴水不漏，将药瓶握在死者的手中，就能轻易留下指纹。

万幸还没出现能定性他杀的线索，但中村心中的不安却丝毫未减。

他一回到调查室，就拨通了南多摩警察署的电话。此前他送去了片冈有木子的照片委托他们调查，想了解一下进展。

"调查不太顺利。"接电话的是之前那位刑事部部长，依旧是与前几日相同的谨慎语气，"京王线、南武线的各个车站，以及三角山附近的农户，我们都带着照片走访了，目前没找到目击者。非常抱歉，辜负了您的期待。"

"哎呀，别这么沮丧。"中村不自觉地安慰起对方，"她如果自己开车的话，没有目击者也是可能的。而且女人嘛，化妆前后模样变化很大，事发时可能特意乔装改扮了，她个子那么高，还说不定伪装成男人了。总而言之，别灰心，继续加油。"

"是！一定尽力。"

"除了照片，有没有其他线索？"

"都是些跟案情无关的事……"

"是些什么样的事情？"

"就在刚才，有一家农户的孩子一个人在田里玩，误食了别人扔在田里的海苔卷，引起腹痛。好像是去徒步的人扔掉的。"

"是食物中毒？"

"现在每天连续高温，可能是变质了。"

中村有些失望，食物中毒的确与手里这起案子扯不上关系。

他刚放下电话，负责全面调查片冈有木子过往经历的矢部刑警回来了。

3

"片冈有木子的情况大致摸清了。"矢部刑警说着翻开了写得密密麻麻的笔记本，"出生地是静冈县沼津市，她家在市内开杂货店。高中毕业后她在附近的一家百货公司工作了一年，之后突然离乡来到东京，做起了脱衣舞娘。在当脱衣舞娘期间，曾因淫秽罪两次被捕。"

"犯淫秽罪会是她遭到勒索的原因吗？"中村疑惑道，"她之后重操旧业继续跳脱衣舞，想必淫秽罪的事情被久松知道了也没什么大不了吧。"

"我也这么想。"矢部刑警说，"大多数脱衣舞娘都有淫秽罪的前科，所以借此勒索不太成立。"

"她去冲绳期间，有没有在那儿干走私的勾当？"

"这个我也查过，没有。"

"男女关系方面呢？"

"之前她跟浅草那边的一个小混混搞在一起，但一年前两人就分了。况且，只因为男女关系很难勒索数十万日元。正常人家的女孩子或许对男女关系比较避讳，但脱衣舞娘正相反，身边的男人越多越值得她们炫耀。"

"那会不会是当脱衣舞娘之前的什么事呢？"

"她匆忙从百货公司辞职，来到东京，肯定有事发生。"矢部看着笔记本说，"能在百货公司工作对一般的女孩子来说可是相当不错，她突然辞职本就可疑，来到东京后第一份工作又是做脱衣舞娘，的确很蹊跷。"

"在沼津一定发生了什么，或许久松正是以此勒索片冈有木子的，你能跑一趟沼津吗？"

"好，我这就动身。"矢部刑警语速很快，说完抓起外套出了调查室。

中村本想着他一定很累，让他今天先休息，明日一早再去，可话没来得及说他就走了。想必矢部刑警的心里有事放不下，在他看来片冈有木子的死或多或少与自己有关，所以十分内疚。如果最后能判定她是凶手，他心里能稍微好过些。这时候让他休息，或许对他来说反而更加煎熬。

（就算是为了矢部刑警，如果能找到证明她是凶手的证据就好了……）

暮色渐浓，中村把目光投向窗外，此刻他的脸上满是倦容。

4

晚上8点，矢部刑警联系了中村，告知自己已经到沼津了，之后便没了消息。

时间就这样慢慢流逝，关于田熊加奈是自杀还是他杀的调查毫无进展。

关于安眠药购买的途径，由于问题的关键——安眠药阿尔德林已在四年前下架，调查难度很大。如果她的确死于自杀，那么想要确定四年前或是更久以前她是在哪间药店购入安眠药的相当困难，毕竟过了那么久谁又能记得清呢。

已经是 11 月 18 日了，距离案发已过了四十八小时，警方不得不拿出态度，在课长办公室召开了记者见面会。见面会上课长亮明警方观点："田熊加奈死于自杀。"

果然，观点一出，到会的记者们发出了质疑。为何在没有发现遗书的情况下警方会判定是自杀呢？

"我们根据现场的状况认为自杀这一结论是恰当的。"搜查一课课长回答道。

"现场的状况是怎样的？"记者们穷追不舍。

课长故意清了清嗓子，答道："首先，死者田熊加奈有自杀的动机。她无依无靠，孤身一人生活，慢性心脏病缠身，仅有的一个儿子也在交通事故中丧命，对于未来的生活无法抱有任何希望。其次，田熊加奈并未树敌，没有与人结怨。此外，她身边没人有谋财害命的动机。综合以上理由，我们认为她是自杀。"

"警方是否考虑过田熊加奈的死与久松被害一案有关呢？"其中一名记者提问说。

列席记者会的中村心里想，该来的还是来了，他早就知道会有人问这个问题，没人问才奇怪呢。而且以新闻记者的立场来说，如果是同一凶手的连环杀人案，那种报道会更吸引眼球吧。

"当然，这种情况我们也考虑过。"课长回答，"但目前没发现两起案件有关联的证据。"

"警方是否坚持认为片冈有木子是凶手，所以故意将田熊加奈的死定性为自杀呢？"

"绝无此事。"一向温和的课长以很罕见的强硬语气回应道。

中村也不这么认为，因为现场的证据表明是自杀，警方定性为自杀并不是故意歪曲事实。

然而在中村的心中存有一丝内疚，说到底他还是希望田熊加奈的死是自杀，这点无可否认。

已是深夜，矢部刑警终于来电话了，转接员告知是从沼津打来的，中村把听筒靠近耳边。

"怎么样？"中村即刻问道。

"总算弄明白了。"电话那端传来了明朗的声音，中村总算松了一口气。

"详细说说。"

"到沼津后，我第一站去了片冈有木子曾工作过的百货公司。那家百货公司相当有规模，了解后得知，大概在今年2月，久松实去过那儿。"

"果然不出所料，看来久松也怀疑片冈有木子在沼津期间发生过什么。"

"有可能，久松当时反复询问了有木子从百货公司辞职的理由。"

"百货公司那边是如何答复的？"

"没有明确答复，她在六年前是突然辞职的，百货公司并不知道内情。"

"难道你不认为这很蹊跷吗？"

"当然，所以我拜访了她经营杂货店的父母，久松当时也去过那里，但依旧没发现什么线索。据她父母说，当时有木子毫无征兆突然离家出走，后来又做了脱衣舞娘，跟家里断绝了关系，连信也没寄过一封。"

"之后呢？"

"我实在没办法，只好求助当地警察。我在想，她六年前从沼津离家出走的时候，身边是否发生了什么案件。"

"真有吗？"

"嗯，有的。她离开沼津是六年前的10月6日。据当地警方的记录，就在前一天，也就是10月5日，发生了一起案件，一名十二岁的少年在防波堤上夜钓，之后溺水身亡。"

"那名少年跟片冈有木子认识吗？"

"是她邻居家的孩子。而且有目击者证实，案发当晚，曾看到少年跟一名二十岁左右的女性一起坐在防波堤上。不过由于夜色太暗，目击者无法判断那名女性是否就是片冈有木子。"

"如果是片冈有木子的话，有没有可能是她推少年落水致其死亡呢？"

"我起初也这么推测过。但当地警方调查后发现，少年生前并未与人结怨。于是我有了另一种猜测，有木子晚上只是去防波堤散步，偶遇相熟的少年正在钓鱼，健谈的她走了过去，坐下开始跟少年聊天……"

"然后这一幕正好被目击者看到？"

"是的。我是这样想的：嬉闹时她失手推了少年，浪有些大，又是在夜晚，落水的少年很快就被卷走了，慌乱间她甚至忘了呼救，赶忙逃回了家里。"

"嗯，是有这种可能，于是这件事成为她被勒索的把柄。可是如果没有证据的话，就算久松再厉害也没办法勒索啊？有没有关于此事的证据呢？如果有的话，六年前当地警方应该就会逮捕她吧？"

"有证据。"

"啊……"

"我沿着久松的行动轨迹，找到了有木子高中时关系最要好的朋友吉野玲子的家。见到她后，从她那儿听说了这样一件事。"电话另一端的矢部刑警轻微咳了咳，"久松去找过吉野玲子，当时她夫了大阪不在家，是她母亲接待的。那时久松实谎称在东京跟有木子已经结婚了，有木子想让久松看看她寄给吉野玲子的信件。这事稍微想想就会发现十分蹊跷，但吉野的妈妈很传统，不好拒绝，于是把信全都拿出来给久松实看了。待吉野玲子回来得知此事后赶忙检查了信件，发现少了一封。"

"是久松偷走的？"

"我也这样想。据说吉野的母亲在久松看信期间，出于礼貌离开了一小会儿，久松有充足时间可以将一封信藏起来。"

"丢的信是什么内容？"

"吉野玲子说那是有木子在离家出走那天交给她的。信中写道，前一天发生了一件不得了的事情，她不知道该怎么办了。如果这封信跟六年前的事情有关系的话，我想足以成为勒索有木子的把柄。"

"确实足够了。"中村握着话筒点点头，猛然，他想到一件事，"那个叫吉野玲子的女孩儿，是否跟眼下这起案子有关系？比如她自觉内疚，想找久松要回那封信，于是将其杀害——有没有这种可能？"

"以防万一，这种情况我也调查了。吉野玲子与此案无关，11 月 15 日她全天都待在沼津，有不在场证明。"

"这样最好。"

中村满意地挂掉电话。

5

案情总算有了进展。

中村满足地把自己陷进椅子里，点燃一支烟，久违地感受着吸烟带来的畅快。

此前关于勒索仅停留在推测阶段，今天在矢部刑警的电话里终于得到了证实。久松曾去过沼津，偷出了写有片冈有木子秘密的信件，事实很明确。由此，认定他实施过勒索也就能站住脚了。只要有了这些证据，便能在庭审中证明有木子存在杀人动机。

中村表情恢复平静，回想着刚刚电话里的内容。可渐渐地，他神色凝重起来。

诚如矢部刑警的调查汇报，案情有了进展。可中村还是很在意沦为勒索把柄的那封信。

他起身打开档案柜，拿出放在里边保管的久松实的存折。6月5日汇入三十万日元，10月30日汇入二十万日元，按照警方的推断这两笔钱都来自片冈有木子，等到第三次被勒索时，她出手杀了久松。如果认定片冈有木子有嫌疑的话，这样推测是合理的。

但是，若用以勒索的把柄的确是那封信，还会有第二次和第三次的勒索吗？假设第一次她付了三十万日元买回了那封信，那恐怕第二次汇入二十万日元的则另有其人。

中村像在缓解不安似的抱着胳膊，燃着的香烟被搁在烟灰缸上，他目不转睛地盯着烟杆冒出的缕缕轻烟。

当然，也可以这样想，比如久松把那封信复印了很多份，这样就能反复多次勒索了。即便如此，中村心中仍觉不安。

次日，中村去往存折的开户行——三星银行四谷分行。起初发现存折时，矢部刑警曾致电银行，不过当时只是想了解那五十万日元是否在账户内。

三星银行四谷分行位于国铁①四谷站附近。中村被邀请到舒适的分行长办公室。

"6月5日那天，久松先生本人的确来过。"头发梳得一丝不苟的中年分行长介绍说，"柜台职员确认过，他当时拿着一张三十万日元的支票，想要开立普通存款账户。"

"对那张支票还有印象吗？"

"大致记得。"

"签发的出票人是谁？"

"应该是N经纪公司，做娱乐产业的那家……"

"原来如此。"中村点点头。片冈有木子是由N经纪公司介绍去的冲绳，这样一来线索就吻合了。

现在的问题是另一笔二十万日元。

"10月30日汇入的那笔二十万日元，也是N经纪公司签发的支票吗？"

"二十万日元的那笔不是。"分行长说，"不是支票，是现金存入的。你看那笔二十万日元存款的登记栏外印着一个字母A，这就表示是现金。"

"来柜台办业务的是久松本人吗？"

"我们这边无法确认。"

"怎会无法确认？"

---

① 国铁，日本国有铁道的简称。

"那笔钱是从本行的上野分行汇入的，因此当时的详情恐怕只有上野分行才知道。"

6

中村于是赶往上野。

三星银行上野分行正对着上野车站。推开银行的玻璃门，来到行内，中村脑海中一直在盘算着上野和浅草之间的距离。

从浅草步行至上野大约需要十到十五分钟，开车的话需要五分钟。在位于浅草六区的美人座跳舞的片冈有木子，或许就是在表演间隙，赶到上野汇入那笔二十万日元的，时间上绰绰有余。话虽如此，但浅草附近应该有银行，当然肯定也有三星银行的分行。她为什么要舍近求远，专程赶到上野来汇这笔钱呢？这个问题困扰着中村。

上野分行的行长得知中村的来意后，找来了当时在窗口负责汇款业务的柜员。

"就是她，负责在汇款窗口办业务。"分行长介绍道。女柜员看上去二十五六岁的样子，身材娇小。中村问及10月30日那笔二十万日元的汇款，她回答："来办业务的是一个年轻女人，拿的一万日元面额的纸币，一共二十万日元。"

"你看清她长什么样了吗？"

"嗯。"女孩儿点点头，随后露出不确定的神情，"但是记不清了。10 月 30 日那天因为是月末了，又赶上周六，只有上午办理业务，所以人非常多。"

"这样吧，你来看看这张照片。"中村把事先准备好的片冈有木子的照片拿给她看，"怎么样，是不是她？"

"这个嘛，"她歪了歪头，"我不敢确定。那天人真的很多，那个人又戴了一副颜色很深的太阳镜。"

"那女人几点来的，还有印象吗？"

"具体时间记不清了，不过周六只有上午营业，所以她肯定是在中午之前来的，可能是 10 点左右吧。"

"有没有纸质的汇款证明？"

"有，汇款单。由汇款人亲自填写的。"

"那个女人写的汇款单能拿给我看一下吗？"

听中村这样问，分行长立即从存档的汇款单中找出那张。

汇款单是用红色油墨印刷的，最上边写有一行字"活期账户汇款单"。中村将目光移到"汇款人住址、姓名"一栏：

东京都台东区东上野 3-16　田中春子

这一栏是用签字笔写的，没有印汇款人的名章。分行长解释说，汇款时不要求用印章。如果不要求用印的话，那么用编造的名字就很容易了，田中春子恐怕是化名。

中村借出了那张汇款单，走出银行。台东区东上野三丁目位于上野站前，为了慎重起见，中村按照汇款单上的地址进行了调查。果然不出所料，那个地址根本没有叫田中春子的人，可见汇款人真是用的化名。关键的问题是，那个化名为田中春子的女人到底是不是片冈有木子。

中村回到了搜查总部。

带有片冈有木子笔迹的物品是宫崎刑警当时在她住过的房间内搜到的，是此前她跟 N 经纪公司签订的合约，上边有她的签名。

中村拿着合约跟汇款单上的笔迹做了对比，看上去并非同一人的笔体，这令中村有些失望。可转念一想，既然用化名，那签字时肯定会故意改变笔体。看来非专业的视角无法准确判断。

于是中村将汇款单与合约一同拿到警方的科研所做笔迹鉴定。

鉴定耗费了整整一天的时间，时间来到了 11 月 20 日，星期六。

"不能认定是同一人所写。"

这是鉴定报告的结论。中村感到自己丧失了最后一丝信心。

第六章

天使的影子

天使の影

1

当天下午，在《日东新闻》社会部，编辑部主任和田岛收到了牛奶的化验结果。

接电话的编辑部主任一边点头，一边听着电话另一端的朋友解释化验报告。挂断电话后，他神色凝重地看向田岛。

"恐怕你的推测要落空了。"编辑部主任为难地说。

"没有检测出阿尔德林吗？"田岛表情僵硬地盯着主任问。

"是没有杂质的纯牛奶。"

"……"

"尽管我也感到很遗憾，但还是要相信化验结果。"

"可我是亲眼所见，田熊加奈的确是喝完牛奶后，立刻昏睡过去的啊！"

"当时她或许并非因为服用了安眠药，只是单纯困了吧？毕竟公寓管理员的工作也挺无聊的。况且你到访的时间是下午3点左右，正是容易犯困的时段。她在那时候睡着了并不奇怪。可以这样推测，她在你离开后睡醒了，把空的牛奶瓶放回牛奶箱，随后服用阿尔德林自杀。"

的确，编辑部主任的推测是合情合理的，可田岛依旧无法接受。田熊加奈喝下的牛奶，显现出异乎寻常的白色，这个画面依然历历在目。那牛奶里一定被掺入安眠药了。

可化验结果残忍地击碎了他的所有判断。

（或许凶手老谋深算，替换了空的牛奶瓶。）

田岛这样想着，他认定田熊加奈是被人所害，可究竟该如何证明他的判断呢？有没有什么方法呢？

"别那么沮丧。"编辑部主任安慰他，"这很正常。"

"那个瓶子在哪儿？"田岛询问。

"瓶子？"编辑部主任疑惑地反问道，"啊，你说那个牛奶瓶啊，应该还在我朋友那儿。怎么了，既然没检测出阿尔德林，那扔了也没关系吧？"

"为慎重起见，想去检验指纹。"

"这倒是没问题，但恐怕你的期待又要落空了，除了管理员的指纹外，不可能有凶手的指纹。"

"没关系。"田岛很坚持。他想把该做的都做了，否则无法说服自己。

2

田岛即刻出发去取牛奶瓶。跟当时从案发现场带走它时一样，牛奶瓶被小心地用手帕包着拿回来。编辑部主任办好了手续，将牛奶瓶送到专家处鉴定指纹。

"抱歉，我太任性了。"田岛不好意思地说。

"少来这套，我都起鸡皮疙瘩了。"编辑部主任笑了笑。

"谢啦！"

"好啦，抽烟吗？"编辑部主任从口袋里掏出烟递给田岛，"指纹检验至少需要一整天，耐心等着吧。"

"谢谢。"田岛接过一支烟叼在嘴里，点上火。味道发苦。

"刚才有电话找你。"编辑部主任看着田岛说。

"谁打来的？"

"你女朋友啊。名字叫山崎昌子，是跟你一起去三角山的那个女孩儿吧？"

"是她。"

"她想问你那天出去拍的照片洗出来没。"

"洗倒是洗出来了，不过那天因为碰到了那样的案子，没拍好。"

"真是傻小子。"编辑部主任笑他，"照片就是借口呀。她是想见你才打来电话的，你现在就去找她吧。怎么样，反正指纹的检验结果无论如何也得等到明天才能出来。"

"可是……"

"你就去吧！"编辑部主任的大手拍了拍田岛的肩膀，"一天总想着工作，也不关心女朋友，小心她被抢走哦！"

"那不至于……"

"盲目自信很危险哟。女人的心思男人猜不透的，要抓紧她才保险。何况今天是周六，肯定是女孩儿最想找恋人通电话的日子。"

"可案子的事……"

"快去吧，"编辑部主任大声说，"再不走，我可要给你打出去了啊！"

"竟然威胁我。"说着，田岛胸口涌起了一阵感动，为了掩饰，他故意挤眉弄眼地说，"突然对我这么好，让人好害怕啊！"

3

要不是编辑部主任提醒，田岛已经忘了今天是周六，只记得日期是 11 月 20 日，距离久松被害已经过去五天了。

（作为恋人，这样或许很不称职。）

坐上电车，这种内疚一直萦绕在田岛心头。

昌子住的公寓位于小田急线的成城学园前站。久松下车时，四周已笼罩一片暮色，商店街亮起街灯。

田岛在站前的水果店买了昌子喜欢吃的苹果。

田岛来到公寓敲了敲门，屋里没人，走廊上的一个女人说："山崎小姐好像去洗澡了哦。"

他从牛奶箱里拿出钥匙，打开了门。

打开灯后，田岛去狭小的厨房里看了一眼，香皂盒不见了，果然是去洗澡了。

六张榻榻米①大小的房间被收拾得整整齐齐的，很有年轻女孩子的房间应有的样子。不像田岛一周才收拾一次房间，平时从不叠被。

田岛之前来过很多次，在这个房间里跟昌子见面。当然了，他从没在这里过夜，也没有在昌子不在家时来过。虽然昌子告诉了他钥匙存放的位置，也对他说可以自由出入，但真的独自进到她的房间，田岛心中还是产生了一种在窥探她隐私的奇妙感觉。

床边摆着一张小桌子，田岛盯着桌子出神时，油然生出打开抽屉一看究竟的欲望。他赶忙移开视线希望转移注意力，可这种好奇心一旦产生则挥之不去。有些迟疑和犹豫，最后田岛抵挡不住诱惑，把手伸向了抽屉。

打开抽屉，里边的东西摆放得十分整齐。信件和明信片之类的被捆好放在一起。这点昌子与自己也有很大不同，田岛回想着。他自己的抽屉里有用的东西和没用的破烂儿混杂在一起。有时候正要去洗澡，发现皂盒不见了，不得不去买个新的，结

---

① 日本房间常以能铺多少张榻榻米来计算面积。一张榻榻米的尺寸是长约 1.8 米，宽约 0.9 米。

果本来不见了的皂盒第二天却在抽屉里出现了。究竟为什么会把皂盒放在抽屉里，他也说不清。最过分的是，有时鞋油或者手套也会被塞到抽屉里，可能是醉酒后无意识放的，后来他自己也记不得了。

昌子的抽屉里没有那些奇怪的东西。

田岛看到抽屉里放着一个茶色的笔记本，于是拿了出来。

翻开笔记本，田岛发现这原来是一个记账本，里边写满了"大葱三十日元""长筒袜二百六十日元"之类的账目。

田岛的嘴角不觉浮出微笑。发现年轻的女孩儿在生活中流露出居家的一面，倒也挺有趣的。正当田岛要放回笔记本时，无意中翻到最后一页，下面的几个字引起了他的注意：

　　四谷 = 8296

　　M

像是电话号码，M 可能是对方姓名的首字母。

田岛想起编辑部主任曾对他说过的话，笑容逐渐凝固。

田岛爱着昌子，想娶她为妻。可身为恋人，自己是否称职呢？对此他没有信心。一旦有突发事件，就算是周日他也不得不在外边跑，跟昌子约会时经常爽约。现在回想起来，爽约的基本上都是田岛。虽说工作要紧，可日积月累，昌子肯定还是会不满的吧。

8296 不是田岛公寓的座机号码，M 也并非他姓名的首字母。

田岛不愿相信她有别的男人。但冷静地想，昌子对于任何男性来说都是一个有魅力的女人，要说她工作的那家公司里有年轻小伙子对她感兴趣也不奇怪。这个叫 M 的会不会是那些男人中的一个呢？

（我之前是不是对她太放心了？）

就在田岛纠结慌乱时，听到走廊传来脚步声。他赶忙放回笔记本。

4

门微微欠开一条缝，当表情紧张的昌子发现站在屋子里的是田岛时，才终于放下心笑了出来。

"昨天邻居家没人，被盗了。所以刚才我看到房间亮着灯时吓了一跳，以为进来坏人了。"昌子进到房间，一边收拾洗漱用品一边讲着。

卸了妆，泡过澡，昌子的脸在灯光下看起来十分光滑。

"等很久了吧？"

"没，我刚来。"聊着天，田岛察觉自己还在纠结笔记本里的那几个字。不安的情绪并没有因为见到昌子的面而消散。

昌子泡完茶，拿出田岛买的苹果削了起来。田岛出神地看着她白嫩的手指和熟练的动作，今天自己对昌子的一举一动都感到无比新鲜。他强烈地意识到，自己不想失去她。

"讨厌呢……"昌子突然说，随即脸颊泛起两朵红晕，"你这样盯着人家看，我手都不会动了呀……"

"抱歉……"田岛慌忙解释。可他无法表明心意，只好沉默。

"照片呢？"

"啊！"田岛把目光从昌子的指尖移开，伸手摸了摸口袋，掏出照片。

"当天碰到那件事，所以只拍了一张。"田岛说，"照片洗得不好，颜色表现差，回头我把底片调一下，肯定能调出绝佳的颜色。下次你来我家，我用幻灯机放给你看。"

"果然我的拍照姿势很奇怪。"昌子不无遗憾地说，"不喜欢。"

"不会啊，多有趣呀，我觉得相当不错。"

"才不是呢，我可不想让自己蹲下身子提鞋的样子留在田岛君的印象里。你得把底片也给我，我要烧了它。"

"太夸张了吧。"田岛大笑道。可昌子一副认真的表情，强烈要求收回底片。

"好吧！"田岛只能妥协，"下次我再过来就把底片拿给你。本来也是打算给你的。"

"不好意思。"昌子突然低声说。

不觉间，两人被莫名的凝重气氛包裹住。

田岛又想起了笔记本里的那行字。不安再次袭来，除自己以外，难道还有其他男人单独为昌子拍过照片？

田岛无意中看了一眼手表，不知不觉已经过了晚上9点。或许到了该告辞的时间，这样想着，田岛却没起身。他有一种强烈的不安，觉得今天一旦走出这个房间，他就会失去昌子。

田岛清楚，这种不安十分可笑，昌子不可能明天突然从他的身边消失。如果担心，明天给昌子打电话就好了，那样就能听到她明快的声音。这些他心知肚明，可即便如此，田岛还是难以抵挡会失去她的不安。

田岛抬眼凝望着昌子。此刻，在他心里，不想失去她的念头太强烈了。如果那个M是其他男人名字的首字母，那么他是绝对不会将昌子拱手相让的，决不……

昌子纤细白嫩的手指就在田岛的眼前，田岛感觉如果此刻不抓住这双手就会消失，他突然用力握住了昌子的手。

昌子霎时羞得红了脸。

田岛将她一把搂了过来。她并没有抗拒，顺势倒在田岛的臂弯中。

昌子闭着双眼，樱唇微张，身上散发出淡淡的皂香，以及一种酸甜的女人味。

田岛发觉怀中的她身体在微微发抖，不知是因为喜悦还是由于紧张。唯一可知的是，这种颤抖极大地刺激了田岛的神经，激发了他的欲火。

田岛冷不防将嘴唇贴了上去。昌子闭着眼发出娇喘。唇与唇分开后，她的唇上泛出微微的血色来。

昌子睁开眼睛看向田岛。

"我好害怕……"她轻声说。

"害怕？"

"感觉会失去你，所以……"

"真是个小傻瓜……"田岛嘴上说着，心中却浮出隐隐的不安，"我怎么会离开你呢。"

田岛低声说着，更加用力地搂住昌子的身体，隔着毛衣握住她的胸。

"啊……"昌子轻喊一声，随后自己把身体贴了过去。她的呼吸变得急促起来。"我愿意把自己交给你……"

两人十指紧扣，吻着彼此。田岛伸手拉开她裙子的拉链，昌子双目紧闭，任由他摆布。

田岛并非没与其他女人寻过欢，也跟接客的那种女人睡过两三次。但他的床上技巧还颇为生疏，只会使蛮力。

昌子是处子身，怕是难有快感。她全程闭着眼睛，紧紧抱着他。

事后，田岛发现，昌子闭着的眼角处落下泪来。

为什么会落泪呢？

"后悔了吗？"田岛问。

　　这不是一个适合询问或说话的时间，然而当他看到昌子被泪水沾湿的脸颊时，实在难以抑制地问出了口。

　　昌子转过精致的小脸对他说："是高兴的。能把自己交给你，我高兴。"

　　"我们结婚吧！"田岛说。

　　"结婚？"

　　"是的，我们结婚。并不是因为我们发生了关系我才这么说的。最初认识你，我就有了结婚的念头。你刚才说感觉会失去我，我又何尝不害怕失去你。你太迷人了。即使在我之外，你还有其他的男人……"

　　"别说了。"昌子突然高声道，"别说了，抱紧我……"

5

　　清晨。

　　外面下起雨。

　　田岛轻轻起了床，而昌子还在睡梦中，脸上似乎还有残留的泪痕。

　　起床后田岛才意识到今天是周日。他还有工作要做，就让她这么沉沉地睡着吧。

　　田岛蹑手蹑脚地离开了房间。

　　他淋着雨走到车站。昌子那泛着血色的嘴唇、红润的乳房、白嫩而温热的大腿，这些清晰得仿佛就在他眼前。

　　（然而，昌子真的能完全属于我吗？）

　　田岛没有给出肯定答案的自信。尽管她已入怀，但田岛心中的不安却丝毫没有消散。

　　他并非怀疑昌子对自己的爱，如果没有爱，她也不会接受昨晚的事。昨晚发生的一切绝不是单纯的肉体关系，而是源于爱。

　　但田岛总觉得缺了些什么，正因如此他才会陷入胡思乱想。

　　田岛回忆起笔记本里的那行字。他在小田急线新宿车站下了车，在去往地铁换乘站的途中钻进了公用电话亭。田岛从口袋里掏出十日元硬币，突然想到现在通信系统已经取消了局名，都是改用局号的。四谷的局号是什么呢？

　　他决定拨通104查询台咨询一下。

　　"四谷的局名取消了。"电话另一端传来接线员职业化的声音。

　　"这个我知道。"田岛嘀咕了一句，内心焦虑使得他的语气听起来十分粗鲁，"我想问的是，过去的四谷局现在的局号是什么！"

　　"单纯问四谷的话，无法告知。"

　　"为什么无法告知？"

　　"过去的四谷局现在已经被分为多个局号。351、352、353、

354、355、356、357、359 全都是从过去的四谷局分出来的，只去掉了 358。所以您单问四谷局的号码我这边无法告知。"接线员的声调也变得冷漠起来，"如果知道对方的姓名是可以查到的，否则就没办法了。"

话音刚落，接线员挂断了电话。

田岛表情呆滞地从电话亭走了出来。莫非"四谷 = 8296"不是电话号码？可如果不是电话号码的话，还会是什么呢？

田岛心里闷闷的，来到报社。

"怎么样？"主任问道。

"没怎么样。"田岛故作镇定。

田岛劝自己要把心思放回工作上，埋头于工作有利于消除烦躁，笔记本里那些不明所以的文字也会被抛在脑后。

"我还要查。"田岛大声说，"我要借着警察敏锐的嗅觉继续查！"

"你可别太逞能呀。"主任笑道。

下午，指纹检测报告送来了。主任拆封读过后表情沉重地看向田岛说："只检测出田熊加奈一个人的指纹。你我二人都没用手直接触碰过瓶身，牛奶店的人也是戴着手套派送的，所以上边只有田熊一人的指纹是合情合理的。"

"让我看一下检测报告。"

田岛从主任手中一并接过报告和信封，迅速浏览起来。报告所写内容诚如主任所言，可报告显示检测出的只有右手的指纹。

"我也看到了。"主任说，"没有发现左手指纹很奇怪吗？"

"当然。证据很像是伪造的。"

"你当时看到田熊加奈用左手拿瓶子喝牛奶了吗？"

"那倒没有，她的确是用右手拿瓶子喝的。"

"既然如此不是没问题了吗？单用右手收拾空瓶是可行的，对吧？"

"喝完牛奶后收拾瓶子的话或许可以，但是喝之前需要撕掉盖子，纸盖上边还有一层玻璃纸。每天早晨我也喝牛奶，但单手可操作不来。通常我都是左手握瓶身，惯用手右手揭盖子，田熊的惯用手也是右手，所以左手握瓶身时本应留下指纹。"

"这样说来，凶手还是把瓶子调包了啊！"

"是的，凶手犯了低级的错误。田熊不是自杀，是他杀。而且我认为她的死与久松实被害有关。田熊本人不像是被寻仇之人所害，她遇害恐怕跟三角山一案脱不了干系。"

"要是如你的推断，片冈有木子就不是杀害久松的凶手了！"

"确实。顺利的话，我们没准儿会抢在警察前面找出真相。"

"有这种可能哟。"主任咧嘴笑道，"警察的调查似乎碰壁了呢。"

第七章

底 片

1

中村警部补感到案件侦破已陷入瓶颈。

虽然他深知，笔迹鉴定的结果并非绝对，在庭审中，有时检方和辩方甚至会拿出两份结论完全不同的鉴定报告。即便如此，中村依旧没办法无视这份科研所出具的笔迹鉴定报告。

若鉴定报告的结论是正确的，那么只能得出一个推论：曾出现在三星银行上野分行的那名戴太阳镜的女子不是片冈有木子。而且这个结论将使得搜查当局此前采信的"片冈有木子是凶手"的推断遭遇重大挫败。

他们不能轻易放弃片冈有木子这条线索。因为可以确定的是，她的确有秘密掌握在久松手里，而且曾遭到久松的勒索。问题的关键在于，久松在6月5日收到那三十万日元后，是否真正放过了她。如果她用三十万日元成功赎回了那封信，而且久松也没复印备份的话，那么片冈有木子则没有杀害久松的动机。她逃跑也就不是因为杀死久松而畏罪潜逃，而是心虚地认为她在沼津的事情被警方发现了。现在问题集中到一件事情上——久松到底有没有复印备份。

"我猜他应该是备份了。"矢部刑警说，"那个家伙可不是什么善类。收了三十万日元之后，拿着复印件再去勒索，这种事情他能干得出来。"

宫崎刑警对此也持相同意见。可是，如果找不到信的复印件的话，搜查只能被迫回到原点。

警方再次来到久松生前居住的位于青叶庄的公寓，并对公寓进行了细致搜查。此次搜查出动了三名刑警，最终仍未找到那封信的复印件。不过矢部刑警在搜查中意外发现了一张奇怪的底片，并把它带回了搜查总部。

据矢部刑警回忆，底片被放在一个天青色的信封中，就是市面上常见的那种信封，夹在杂志里。信封上用红色铅笔写着一行字：

　　A.B.C.

中村盯着这行字母，不明所以。也许是对信封中底片信息的说明，这样想着，他从信封里拿出底片。

这是用三十五毫米相机 ① 拍摄的胶卷底片，只有一格。中村把底片稍举远些端详起来。

照片拍的是一名身着和服的女子，看背景像是在学校门口，

---

① 三十五毫米相机，一种以底片高度命名的相机。

照片中的女子正要进门。

会是片冈有木子吗？

中村凝目想要看清楚，可底片太小，拍的又是女子的背影，实在难以分辨。

"不管怎么说，先冲洗出来吧。"中村说，"就从他特意单独把一张底片放在信封里来看，这张照片必有蹊跷。"

"说不定这也是久松用来敲诈勒索的砝码呢。"

"我也有同感。"中村附和道。

2

大约过去一个小时，照片冲洗出来了，用的是四开的相纸。

"如果放得再大就会模糊失真了。"照片冲洗室的技术人员说，"照片应该是匆忙按下快门拍摄的，所以有抖动，照得发虚。"

诚如技术人员所言，即使放大到四开的相纸上，画面也多少有些模糊。

虽然已将底片冲洗成照片放大，警方依然无法判断照片中的和服女子是否是片冈有木子。单看背影的话，照片中的女子似乎年纪要长一些，不过也可能是穿着和服的关系。

照片中的大门是混凝土造的，门两侧有低矮的围墙，门上的字迹相当模糊，完全看不清到底是学校还是医院。

画面的右侧有一片低矮的山脉。

"像是郊区啊。"矢部刑警说，"从照片上看，附近没有高楼之类的建筑，女人脚下的路面看上去也没有铺过。"

"现在问题来了，这个女人到底是谁。"中村目不转睛地盯着照片说，"从背影实在分辨不出。如果是片冈有木子的话，那就简单多了，说明她有新的秘密掌握在久松手中，这也就触发了她新的杀人动机。"

"不然，我们把照片拿给美人座的舞娘们去辨认一下呢？据说女人的眼光最毒了，或许从背影就能判断一二呢。"

"我看行。"中村点点头。现在貌似也没什么其他好办法了。

矢部刑警带着冲洗放大的照片直奔浅草。

中村再次检视信封。红色铅笔写的"A.B.C."究竟代表着什么？

A、B、C的字母旁都有一个点，这意味着"A.B.C."应该是某个词的缩写。可到底是什么的缩写呢？

中村翻开英日词典查找起来。

ABC

基础，入门

the ABC of economics（经济学入门）

A.B.C.

南美三国（Argentina,Brazil,Chile）①

A.B.C.（shop）

（Aerated Bread Company② 经营的）连锁咖啡馆

A.B.C.

美国广播公司（America Broadcasting Company）

翻来找去也没发现其他解释，中村失望地把词典丢到一边。

快到傍晚时，矢部刑警赶了回来。

"给舞娘们都看过了，所有人一致否认照片中的人是安琪·片冈。"

"光看背影就能断言不是她？"

"我也问了她们怎么会如此肯定，回答的理由是，整体感觉不像，此外还有说从发型看不像的。"

"发型？"

"照片中的女人梳的是日式上缩发，据说那是片冈有木子最讨厌的一种发型，所以从没见她梳过。她觉得那样很老气。"

---

① Argentina、Brazil、Chile 分别为阿根廷、巴西、智利。

② Aerated Bread Company，英国一家以开茶室闻名的公司。

"其他的理由呢？"

"说是从照片中女人穿和服的姿态看出来的。我是不太懂的，不过据那些舞娘说，照片中的女人看上去是穿惯和服的人，可她们很清楚安琪·片冈——也就是片冈有木子，是不习惯穿和服的。因为有一次她们穿和服登台表演，她的表现可以说十分糟糕。"

"原来如此。"

"她们看过照片后一致表示，从穿惯和服的感觉和整体气场来看，那女人不像是二十几岁，而像是三十多岁。说不定她们的评价和判断很准呢。"

"三十多岁啊……"

其实中村在看到照片的一瞬间也有过这种感觉。与此同时，中村意识到，这张照片给警方带来了新的障碍。继笔迹鉴定结果后，又出现一条与片冈有木子无关的线索。

3

当晚，警方召开了应对新情况的搜查会议。

会议在沉闷的氛围中开始，搜查当局此前认定的片冈有木子是嫌疑人的推断受到巨大冲击。

南多摩警察署至今未获得片冈有木子曾出现在案发地的目

击证明。

针对作为凶器的那柄短剑的调查也陷入僵局。凶手为什么要大费周章将锉刀磨成一柄短剑呢？中村最初只觉得很可疑，现在才意识到，这样做对凶手而言十分有利。因为要是用普通的短刀或者登山刀一类的，警方很容易查到购买途径，继而抽丝剥茧找到凶手；如果用锉刀改造凶器的话，这种风险就不存在了。

"片冈有木子这条线索不能就这么放弃。"搜查课长很坚持，"可的确不能否定，已经出现了另一名与片冈同样有杀人动机的嫌疑人。此前现身三星银行上野分行的那名女子，通过笔迹鉴定可知是另有其人。如果那名女子也是被敲诈勒索才汇出那二十万日元的话，那么她与片冈有木子一样有杀害久松的动机。这个女人到底是谁，因为什么秘密被久松勒索，这些我们有必要调查清楚。"课长稍作停顿，拿起那张背影照，接着说，"还有一个问题，就是这张照片。假设照片中的女子跟出现在银行的女子为同一人的话，那么这张不明所以的照片可能就是她被勒索的把柄。反过来，如果不是同一人的话，那么这张照片里的女人也要调查清楚。"

"再重新排查一遍与久松有关系的女性吧。"站在课长身后的中村对下属刑警们说，"查清除了片冈有木子以外，是否还有其他的'天使'存在。"

次日起，刑警们开始了调查走访。

临近中午，去周刊真实社调查的矢部刑警打来电话说："又找到一名与久松有关的女子。是位于新宿三丁目的一家酒吧的妈妈桑，目前还不知道她的姓名，但值得注意的是这间酒吧的店名叫'天使酒吧'。"

"天使？"中村冷不防想起那个天青色信封上用红色铅笔写的字母。最后一个字母 C 代表什么尚未清楚，最前边的 A 和中间的 B 或许可以对应上 Angel（天使）和 Bar（酒吧）。假设那间酒吧的妈妈桑叫千春或者千寿子之类的话，那么名字的首字母就与字母 C 完全对应上了。[①]而且，酒吧的妈妈桑的确是习惯穿和服的。

"我去那家店看一下。"中村说，"说不定她还真就是照片里的女人。"

4

天使酒吧不难找。可妈妈桑的名字却让中村的期待落空了，她叫绢川文代，不论是姓氏还是名字首字母都跟 C 沾不上边。

不过她穿和服的样子倒是跟照片中的女子神似。

---

① "千春"日语发音的罗马字写成 chiharu，"千寿子"日语发音的罗马字写成 chizuko，首字母都是 c。

文代看了中村出示的警官证后，并没有表现出惊讶。

"我就猜到刑警先生们要来了。"文代缓缓开口道，"不久前有报社记者来过，调查关于我的事情。"

"报社记者？"

"日东报社一个叫田岛的记者。"

"我认识他。"中村马上说，"那你跟久松是什么关系？"

"被他以结婚为诱饵骗钱的可怜女人。"文代的语气听起来很哀怨。

"所以说，你恨久松？"

"看来报社记者跟刑警先生只会问同样的问题。"文代浅浅笑道，"我的确恨久松，也有杀他的动机。之后想必你就要问我有没有不在场证明了吧？"

"如你所言。"中村苦笑道，"可以告诉我，11 月 15 日上午 10 点至 12 点之间，你在什么地方吗？"

"简直跟那个叫田岛的报社记者的问题如出一辙。那么我的答案也并无二致。我一直在床上睡觉，也就相当于没有不在场证明。"文代耸耸肩答道，"想要逮捕我的话，请便吧。"

"仅凭这些是不能逮捕你的。"

"很谨慎嘛。我以为刑警都是急脾气呢。"

"听你的口气，似乎很希望被逮捕？"

"我无所谓的。反正活着也没什么意思。"

"你很爱久松吗？"

"别问这种无聊问题。那种男人根本不值得爱，可一旦失去心里又空落落的。仅此而已。没什么其他要问的话请回去吧。"

"我们还不能走。"

"还有什么想问的？"

"想给你拍照片，不知是否方便。"中村把借来的相机拿了出来，"你长得很美，所以我想拍两三张照片留念。"

"少用这种蹩脚的借口糊弄我。你们肯定是想拿着我的照片给别人辨认，看我是不是凶手。既然想拍就随便你吧，不过在这儿拍会不会太暗了？"

"没关系，带闪光灯了。"

"真是准备充分呀。"文代苦笑着说。

好在这个时间酒吧刚开始营业，店里没客人，中村拍了她正面和背面两张照片。

"这回可以了吧？"文代回到吧台前，声音略显疲惫。

"另有一事想拜托你。"中村一边收拾相机一边说，"能帮我在纸上写点儿什么吗？"

"看来到笔迹鉴定的环节了呗。"文代撇了撇嘴，可还是拿出了一张账单，翻到背面，又拿出一支圆珠笔。

"写什么好呢？要不写'是我杀了久松'？"

"如果你真是凶手的话，会请你在认罪书上签字的。今天的话……"中村思考片刻，"要不这样写吧，'存款二十万日元，田中春子'。"

"什么啊，这是？"文代双眉紧蹙，"我可不叫田中春子。"

"这是最容易鉴定笔画的字。"

"哼……"文代用鼻子哼了一声。

文代用圆珠笔写字的时候，中村紧盯着她的表情变化。她看上去并没有什么异样，也没有故意把字写得很丑。

"这样可以吗？"文代流畅地写完，拿给中村看。她的字迹很娟秀。

5

中村回去后迅速把拍摄的照片拿去冲洗。与此同时也拿到了申请笔迹鉴定的手续。

冲洗的照片率先送达，中村拿着绢川文代的背影照与那张照片做了详细对比。

（看来不是同一人。）

他立刻意识到。

本以为人和人的背影其实都差不多的，但当两张照片放在一起对比时，微妙的差异就显现出来了。

两张照片中的女人年龄的确相仿，穿和服的姿态也十分相似。可绢川文代的背影看上去更为纤弱，另一张照片中站在门口处的女人虽然也是身量纤纤，却多了一份结实的感觉。这种结实应该是生活经历造就的，显然她不是绢川文代那种做皮肉生意的女人。

矢部刑警也认为，绢川文代看上去身量相对更小巧。

笔迹鉴定的结果让中村大失所望，绢川文代果然与出现在银行的女子不是同一人。也就是说，绢川文代既不是照片中的女人，也不是汇出二十万日元的那个女人。

当下迫切需要尽快找到这两个女人。其中一人（或许二者是同一人）很可能就是杀害久松实的凶手。

话虽如此，究竟该去哪儿找呢？还有，怎么才能跟"天使能换钱"这句话联系在一起呢？

中村坚信杀害久松的凶手在某种意义上一定跟"天使"有关联。可是，与"天使"有关的人真的有那么多吗？脱衣舞娘里有取艺名安琪·片冈的并不奇怪，酒吧的店名叫"天使"也没什么不妥。此外，还会有跟"天使"产生联系的人或事吗？

无论如何必须找出来。毕竟曾有女人往久松的账户里汇入二十万日元，警方还发现了那张可疑的照片。

刑警们仍在东京市区走访。

有的刑警顺着医院这条线，调查与久松有关的女人中是否有在医院做护士的。最终，追查"白衣天使"这条线的刑警无功而返。

有的刑警盯着土耳其浴室找线索，可最后也没找到叫"天使"的店。

还有的刑警将注意力集中在咖啡馆上。总算找到一家位于神田的名为"天使"的咖啡馆，可遗憾的是这家店跟久松毫无关系。

有人提出，久松常去的理发店中会不会有店名是"天使"的。可查来查去，也没查到这样的理发店。

甚至有刑警追查暗娼这条线，但仍没找到曾和久松有染的"马路天使"。

刑警们折腾了一大圈，除了疲劳一无所获。

正在中村挠头的时候，宫崎刑警走了进来。

"日东报社的田岛记者有重要信息要告知。"

6

单独与报社记者见面，不是那么令人愉悦的事情。中村用十分戒备的眼神打量着进来的田岛。

"你见过天使酒吧的妈妈桑了吧。"田岛刚一进门就先发制人，"昨天我去喝酒，她吐槽自己被当成杀人凶手了。"

"没人把她当凶手。"中村冷冷地回了一句，"只是了解到她跟久松有关系，所以去见了一面。"

"也是因为她的店名叫'天使'吧。"田岛用戏谑的眼神看着中村，"当我得知绢川文代已经被盯上了的时候我就在想，警方是不是放弃片冈有木子这条线了。"

"并没放弃。"中村神色不快地说。难道眼前这个人是来看笑话的?"我们只是在行动上更为谨慎。你今天来有何贵干?"

"我想了解警方现在掌握的线索。"

"我们掌握的对外界没有隐瞒。"

"可你让天使酒吧的妈妈桑写了一些奇怪的字,还给她拍了照片,难道不是吗?让她写字是为了做笔迹鉴定,拍照片则是为了让人辨认,我说的没错吧?也就是说,你们一定掌握了什么线索,我想知道那线索究竟是什么。"

"这不行。即使我们掌握了什么,现阶段也无法告知。"

"我可不白要哦。"

"你是想交换?"

"意思差不多。我可以保证,在找到真正的凶手前,从你这儿得到的线索我会保密的。对我的领导也会保密。"

"我不喜欢拿这种事做交易。"

"青叶庄的管理员不是自杀,是他杀。要是用这个证据交换呢?"

"他杀的证据?"中村瞪大了眼睛,脸绷了起来。如果田熊加奈是他杀的话,那恐怕要改变今后的调查方向了。何况警方已经认定她是自杀的。如果这个结论被推翻的话,那警方的信誉将受到威胁。

"你不是在胡说八道吧?"

"我没胡说。田熊就死在我的眼前。当然了，当时我只是以为她睡着了，没想到她竟然死了。"

"你当天见到管理员了？"

"是的，我本可以马上发表管理员死于他杀的新闻报道，可转念一想这会给警方造成困扰。"

"你请稍等。"中村忙打断道，"我需要跟课长商量一下。"

中村一脸困惑地从椅子上站起身。

日东报社的请求同样使课长十分震惊。课长表情纠结，抱着双臂。

"如果田熊加奈的死真是他杀，局面可能会发生转变。眼下也只有接受交换条件了，前提是他要保密。"课长郑重地强调。

中村邀请课长一起去听田岛怎么说。

田岛将当天去青叶庄见到了田熊加奈、正在说话时她喝了牛奶随后陷入沉睡、牛奶瓶上只留有右手的指纹的情况和盘托出。这些情况中村和课长还是第一次听到。

假设田岛所言不虚，那田熊之死必为他杀，而且需要与久松被害一案并案调查。

"我今天说的都是事实。"田岛对二人说，"让我出庭做证都可以。好了，现在轮到我来听你们说了。"

"明白。"中村说着，跟课长交换了眼神，"你想知道的是两件事，一是为何要给绢川文代拍照，二是笔迹鉴定的事情。"

"是的。"

"那我先从照片开始说。"中村将警方在久松房间里找到的天青色信封放到田岛面前，"这是我们在久松的房间里找到的，但不明白信封上的字母代表什么。信封里有一枚底片，冲洗出来的照片在这儿。"

中村把那张四开的照片拿给田岛看。

田岛盯着照片看了看，若有所思地问中村："谁啊，这女人？"

"不清楚。"

"你们怀疑是天使酒吧的妈妈桑，所以给她拍照用来比对，是吧？"

"是这样的。"

"结果呢？"

"应该不是绢川文代。"

"照片里的建筑是什么？"

"也不清楚。"

"那请介绍一下笔迹鉴定的情况。"

"我们找到了久松实的存折。"

"有存折啊！"

"余额是五十万日元，分三十万日元和二十万日元两笔汇入的。由于钱数过于齐整，所以我们怀疑是他勒索所得。那笔三十万日元的来源很快就调查清楚了。"

"应该是片冈有木子的钱吧。这下我明白美人座经理说的话了，当时他就说警方很在意那笔三十万日元。"

"剩下的二十万日元是从三星银行上野分行汇出的，汇到了四谷分行的久松账户内。根据银行柜员的证词，汇款的是一个戴着太阳镜的女人。"

"是片冈有木子吗？"

"我们起初也这样认为，于是把汇款单上的笔迹跟片冈有木子的字迹做了对比。"

"然后呢？"

"根据鉴定报告，笔迹不是出自同一个人。"

"我明白了！"田岛说，"于是你们怀疑戴太阳镜的女人是绢川文代，所以才要了她写的字。"

"没错。"

"既然她没被警方带走，可以断定她的笔迹跟戴太阳镜汇款的女人也不一致。"

"嗯，是的。"中村面露苦涩点点头。

"我能看看久松实的那本存折吗？"田岛询问道。

中村看了看课长，课长一副无妨的表情，默许地点了点头。中村想，既然已经告诉田岛关于久松账户的事情，看不看存折其实没差别，何况上面也没写凶手的名字。

中村起身，从档案柜里取出久松的存折放到田岛眼前。

田岛拿过来翻开看，边看存折里的数字边点头。

"的确像是勒索所得。"说着，田岛合上存折放在桌上。

就在这时，田岛的表情瞬间大变。

中村发现他的脸色变得苍白，且表情恐惧。

"怎么了？"中村疑惑地询问，"事到如今，你该不会想说要登报报道吧？你要是不遵守承诺，我们可难办了哦。"

"我明白。"田岛声音暗哑地答复。

随后，田岛慢吞吞地从椅子上站起身，走出房间。跟刚才进来时意气风发的样子截然不同，他似乎是受到了某种打击。

"真是个怪人。"课长说，"或许是情报交换成功后反而心里有些失落吧。"

"本以为他是因为跟咱们承诺不登报报道而突然后悔了，可是从他的反应来看或许另有隐情。"

中村拿过桌上的存折。记者田岛是在放回存折的一瞬间突然脸色大变的，存折上究竟写了什么信息令他大惊失色呢？

中村把存折翻来覆去看了个遍，也没发现哪里有不妥。就是一本随处可见的普通存折而已，没有涂鸦，当然更没有暗指凶手的只言片语。要是有什么的话，早就被中村发现了，他又不是今天第一次看。

存折上只印有"三星银行四谷分行"的字样和银行的标识、久松实的名字、存款金额还有存折的账号。难道这些信息里有使记者田岛惊恐的东西吗？

中村实在想不明白。

第八章

疑窦丛生

疑惑の中で

1

　　田岛感觉自己双腿发软，好像精神失常了一样。"我肯定是疯了。"田岛想。

　　警视厅的走廊十分平整，可田岛走在上边几度险些跌倒。

　　（我需要冷静。）

　　田岛对自己默念。

　　（或许只是碰巧相同而已。在这世界上，这种事情有的是。）

　　可不论如何念经似的自言自语，田岛内心的怀疑和不安丝毫无法消散。

　　田岛看得很清楚，既不是错觉，也没看走眼。久松实存折左上角的存折账号跟他心里的那组数字一模一样。

　　　　No.8296

　　这组数字赫然印在那里，不会有错。田岛清楚地记得山崎昌子手账里写着：四谷 = 8296，M。

　　两组数字相同。不仅数字一样，M 也是三星银行日语发音的罗马字首字母，昌子手账里的记录可以解读为三星银行四谷分行、存折账号 8296，完全对得上。难道这也是巧合？

田岛多么希望是巧合，可他越是想打消自己的怀疑，内心的疑虑反而越是加剧，最终锁定在一个焦点。

（昌子知道久松实的存款账户。）

她怎么会知道呢？是为了给久松的账户汇款吗？

中村警部补说过，有一名戴太阳镜的女子曾出现在三星银行上野分行，向久松的银行账户汇入二十万日元。而且那名女子既不是片冈有木子，也不是绢川文代。

（那么，会是昌子吗？）

这个疑问刚一跃入脑海，田岛旋即感到一阵眩晕。

2

"你怎么了？"主任好奇地问田岛，"脸色这么差。警方那边的课长拒绝交换条件了？"

"没拒绝。"田岛强打起精神笑了笑，"跟课长还有警部补都聊过了。但也向他们做了保证，不能登报报道。"

"就这样吧。我们毕竟掌握了一手资料，等到凶手落网，咱们就把这些详情第一时间都爆料出来。这个事就交给你办了。"

"嗯。"

"说说吧，都打听到什么了？"

"他们让我看了一枚放在信封里的底片。"田岛把中村警部补拿给他看天青色信封和照片的事情说了。

"照片里门口那个穿和服的女人……"主任低声嘀咕道，"这个拍摄的构图有些不寻常啊。"

"警察也怀疑，这张照片是久松用来敲诈勒索的。回头等照片加洗出来，我想去要一份。"

"那个穿和服的女人究竟是谁呢？"

"警方也在查。"

"不是片冈有木子吗？"

"听说已经排除她了。"

"也是。要真是片冈有木子的话，那警方得像立了大功一样兴奋得不得了。如果不是她的话，找到这张照片反而让警方不好办了。"

"或许吧。那女人也不是天使酒吧的妈妈桑。警部补自己说的，给绢川文代拍照片做了比对，判定不是同一人。"

"也就是说，出现了新的嫌疑人啊。"

"嗯。"

"单凭背影判定是谁确实有些困难。不过从穿和服的情况来看，不像是二十几岁的，倒像是三十多岁的女人。"

"确实。"田岛附和说，"我感觉也像三十岁以上的女人。"

可以肯定，照片中的女人不是昌子。

"门、三十多岁的女人、一串字母，这组合好像三个谜面。"主任笑道，"还有别的线索吗？"

"没了。"田岛回答，"警方掌握的新线索只有照片。"

田岛并不擅长说谎，自己都能感到表情僵硬，可他实在不愿将与昌子有关的存折的事情告诉主任。在弄清楚之前，他不想对任何人讲。

主任表情失望，只是笑了笑。"看来咱们高估警方了呢。"之后便不再多说什么。

田岛回到自己的办公桌旁，可心情难以平静。一旦静下来，怀疑和不安就会疯狂蔓延。此刻他多想冲到昌子面前，开门见山地直接问她关于手账里那行字的事情，还有她认不认识久松实。可他实在做不到。因为即使她否认了，田岛心中的疑惑也绝不会消失；要是她承认了呢，田岛会陷入更深的痛苦之中。然而什么都不做的话，疑惑和不安也不会因此消失。

到底该何去何从？

田岛从椅子上站起来。

"我出去一下。"他跟主任知会了一声，"想去查一查那个穿和服的女人。"

"有什么线索吗？"

"并没有，但我想如果对久松周围的人再细致排查一遍，或许能发现些什么。"

"有道理。"主任赞同地点点头，"查出什么头绪马上给我打电话。"

"明白。"

说着，田岛离开了办公室。

刚一出门，田岛就把对主任说的话抛到九霄云外，那其实是他为了外出随便找的借口。

田岛现在最想弄清楚的是，那二十万日元到底是不是昌子汇的。如果昌子遭到久松勒索，那他们两个是什么关系？倘若真的存在可以用来威胁她的秘密，那这个秘密会是什么？田岛想要知道。

可查清楚这些之后会怎样，田岛自己也不清楚。恐怕只是徒增痛苦，然而若不去弄清这些疑惑，自己则完全无心工作。要是任由这种疑惑不断扩大，他在心中恐怕已经失去了昌子。因为没有一份爱情可以建立在缺乏信任的基础上，如今两人之间产生的爱情，怕是要败在怀疑上了。

算了，田岛决定还是要弄清楚。这么做不是为了放弃昌子，而是为了留住昌子。

田岛早先就知道昌子每个月都会从工资中留出一部分存起来，而且昌子把存折拿给田岛看过的。这跟女人会把自己小时候的照片拿给心上人看是同样的心态。

田岛一边走，一边回忆着当时的情形，昌子存款的银行是位于车站前的东西银行。

田岛登上一辆车，直奔成城学园前站。这个时间昌子应该还没回家，这样最好，因为田岛目前没有直接当面问她的勇气。

他下了车，银行就在车站前。

推开标着"东西银行成城分行"字样的大门，田岛来到银行内。银行的关门时间是下午3点，应该是快到下班时间了，银行里显得有些忙乱。

田岛走到立着"普通账户业务"标牌的窗口前。

"请问这儿有山崎昌子的存款账户吗？"田岛向女柜员问道。

"请稍等。"说着，柜员从面前拿出账簿翻看，"有的。"

"最近这个账户有支出吗，能不能帮我查一下？"

"请问是有什么问题吗？"

"没有。"田岛忙说，显得有些不好意思。过去采访的时候，不管说什么样的谎他都能做到脸不红心不跳。今天不知道怎么了，心慌得厉害，可能是心虚的缘故吧。"她出去旅行了，刚刚来电话，说想让我帮她查一下余额。"

"您看一下存折就能知道详情了。"

"存折一时找不到了。"

"这样啊……"女柜员表情有些怀疑地点点头，"余额六百二十日元。"

"六百二十日元？应该不止这些啊，最近取款了吗？"

"10月26日，取款十万日元。"

"不是二十万日元吗？"

"不是，的确是十万日元。取款前的余额是十万日元出头，所以不可能取出二十万日元的。"女柜员用略带调侃的语气回复道。

田岛表示感谢后，离开了银行。

昌子果然取出过一整笔十万日元，而且是在 10 月 26 日取出的，那是 10 月 30 日的前四天。

田岛努力回想上个月昌子的状态。

印象中，昌子没有过大宗的购物，房间里也没有在月末突然增加什么贵重物品。那么她果然还是受到久松的威胁才取出十万日元的？

（可昌子取出的只有十万日元，并不是二十万日元。）

田岛决定查清这里边的问题。在没有完全对得上的情况下，过早下结论是很危险的。

（况且，那名可疑的戴太阳镜的女人是在三星银行上野分行汇出的那笔二十万日元。换作昌子的话，没必要专程跑到上野去汇款，她既可以在位于成城的银行汇，也可以选择在公司附近的京桥那里汇，那边可是什么银行都有的。）

想到这儿，田岛突然有了心劲儿。现在只需要确认昌子是否有不得不特意跑去上野汇款的理由，要是找不到的话，她就是清白的。

这种自我安慰带来的安心感持续时间并不长。田岛总有一种莫名的感觉，上野这个地方与昌子大有干系。

3

若昌子果真遭到勒索，那就必须拿出二十万日元，除去存款外，她无论如何也要把剩余的十万日元凑齐。

就算她把身边值钱东西卖了，恐怕都很难凑出十万日元这么一大笔钱。提前预支工资呢？怕是也要不出十万日元这么多。最后只有一条路，就是找人借钱。她不能管田岛借，事实上她的确没跟田岛张口。这样一来，昌子只有一个人可以借钱了。

没记错的话，那就是住在东北部岩手县的她的亲姐姐。这种情况下，能依靠的只有她唯一的亲人了。

昌子要想管姐姐借十万日元，就需要回一趟岩手县，回岩手县的车站就在上野。

久松要是拿时限相要挟（这种可能性很大，勒索不大可能是无期限的），昌子很有可能是刚一回到上野，就不得不马上去银行汇出那笔钱。而10月30日是周六，银行只营业半日，假设她是一早抵达上野，随后立即到车站前的三星银行分行汇款是符合常理的。

这样想来，汇款银行是上野分行反而加重了田岛对昌子的怀疑。

现在，田岛需要查清昌子在10月末是否回过岩手县。

他钻进了车站前的公用电话亭。时间刚好是下午3点,透过电话亭,他看到刚刚他去过的银行关门了。

田岛拨通了昌子工作的贸易公司的电话。

对面传来接线员的声音,田岛说请帮忙转接人事课。他不是第一次给昌子单位打电话,可的确是第一次怀着如此沉重的心情拨通这个号码的。

听筒里传来一个毫无感情的男声,大凡人事课啦,财务课啦,在这些部门工作的人声音似乎都比较冷漠。

"请麻烦让您那边的山崎昌子接电话。"

"山崎昌子在秘书课。"男人的声音依旧毫无感情,"需要把电话转过去吗?"

"不必,我就是想问一下10月底的时候她有没有休假。那阵子我在东北方向的列车上看到一个人很像她。"

"请等一下。"男人有些不耐烦,"那个……山崎昌子10月29日到30日休假两天,休假理由是返乡。"

田岛果然猜中了,昌子10月末真的回过岩手县。这件事昌子从未对田岛提起。

4

田岛出了电话亭,呆呆地站了好一会儿。他到底该怎么想这件事，一时间没了章法。现在看来，似乎很难否认那笔二十万日元是昌子给久松的。但是他想不明白，像昌子这样美好的女子为什么会跟久松那种下流的男人搅在一起呢？久松手里掌握的用来威胁她的究竟是怎样不可告人的秘密？

田岛需要平复一下心情。他在口袋里摸出一包希望牌香烟，可烟盒却是空的。田岛用力把烟盒揉皱，扔到旁边的水沟里。

（接下来，该怎么做？）

或许应该回报社，主任还在等他的调查结果。可他心里明白，现在即使回去，也根本没心思工作。

田岛朝着与车站相反的方向迈步走去。一边走，他抬起手腕看了看表，现在还不到下午4点，距离昌子回家还有至少一个小时。这个时间对田岛产生很大诱惑。

田岛来到昌子住的公寓。他很清楚自己对主任说了谎，做出有违自己新闻记者身份的行为。可他没有意识到，自己想探究昌子身上的秘密，这种行为本身除了源于他对昌子的爱，更是源于他身为记者的职业习惯。

房间的钥匙依旧同上次一样，放在牛奶箱里。

田岛拿出钥匙，打开房门，进到昌子的房间内。

房间拉着窗帘，显得有些暗。田岛刚要拉开窗帘，想了想又放弃了，只开了灯。

苍白的灯光洒满房间。光线并不强，却晃得田岛直眨眼。或许是有些心神不宁的缘故吧。

（不管怎样，必须弄清楚。）

田岛强行自我说服，把手伸向了桌子的抽屉。上一次，他做同样的事时还是带着喜悦的心情，可如今，心头却伴随着难以释怀的自责。

茶色的手账仍躺在抽屉里，现在已经没必要看它了。田岛打开了放在手账下方的存折。情况跟他在东西银行询问到的结果一样，10 月 26 日取出过十万日元。

接着，他打开旁边的抽屉。直接跃入眼中的是一份列车时刻表。这是一份 10 月号的列车表。果然不出所料，田岛想。

田岛翻到东北干线的页面，想不到他的猜测又应验了。东北干线下行列车① 页面上的 22 时 18 分上野始发、终到盛冈的"北星号"列车，以及上行列车页面上的特快列车"北斗号"，都分别用红色铅笔标记了出来。

那趟"北斗号"特快列车是上午 10 点 04 分到达上野，这就与昌子到三星银行上野分行的时间对得上了。

时刻表的发现并未让田岛过于震惊，可一系列最坏的预想被一一验证足以令他难以承受。

田岛想要知道昌子被勒索的原因。她是否有着不可告人的过去？即使真的如此，田岛也无意责难，可他仍想一查究竟。

---

① 在日本，以东京为中心，开往东京方向的列车称为上行列车，反之称为下行列车。

不弄清楚就会一直胡乱猜想，这太折磨人了。

田岛随后打开了壁橱，没发现什么有用的东西。

田岛有些失落，可与此同时也松了一口气。他关掉房间里的灯，把钥匙放回原处，离开了公寓。

极度的疲劳侵袭着田岛。不安、心虚、焦躁、怀疑……各种情绪混杂在一起，几乎要压垮他。

来到车站前，田岛盯着出站口鱼贯而出的乘客，在其中寻找着昌子的身影。不知不觉，已经到了昌子下班的时间。

5

看到昌子的瞬间，田岛条件反射似的移开了视线。并非今天不想见昌子，而是见面会引发自己深深的痛苦。他畏缩了，既担心会口无遮拦说出什么，又十分心虚，毕竟自己刚刚像小偷一样蹑手蹑脚窥探了昌子的房间。

可昌子发现了田岛的身影，跑了过来。

昌子脸上带着笑意，田岛也笑了笑。可他自己知道，是皮笑肉不笑。

"我到这边采访，顺路过来了。"今天真是满嘴谎话啊，田岛想，心里升起一股厌恶。

"好开心啊，能在这儿见到你。"昌子兴奋地说，"跟我回公寓好吗？有时间吧？"

"不了。"田岛说，"今天时间不太方便，抱歉。"

昌子神情有些黯然。

"那……去咖啡馆喝点儿东西呢……"她试探着问，"五分十分的都行，陪我待会儿好不好？"

"好吧。"田岛点点头。这种情况不好再拒绝了。

二人来到车站旁边的一家不大的咖啡馆。店里的顾客多为学生，这些年轻人高声聊着天。为了避开这种吵闹，田岛和昌子走到最里边的餐桌坐下。

"还在追查那个案子啊？"短暂的沉默后，昌子先开口问道。

"嗯。"田岛点点头。

"找到凶手了没？"

"还没呢，警方似乎调查得不太顺利。你很关心吗？"

昌子的脸上掠过一丝慌张的神色。田岛很后悔，自己不该这么问。昌子肯定担心警方在搜查过程中会查出她跟久松的关系，以及她被久松勒索的事情。田岛这么问过于残忍。

"毕竟之前在三角山亲眼看到有人死去，所以会在意……"隔了一会儿，昌子小声嘟哝了一句。

换作昨天的田岛，肯定会不加怀疑，相信她所说的。可现如今，他实在做不到。

"原来如此。"语言上虽表示了认同，但田岛的脸色却变得很差。

　　昌子移开视线，看向门口。两人都沉默了。

　　沉闷的气氛随着昌子轻轻的一声"啊"被打破了。

　　"怎么了？"田岛惊讶地问道。

　　"有个奇怪的人，一直在店外盯着我们看。"昌子向他投来恐惧的目光。

　　"奇怪的人？"

　　田岛望向门口，就在这时，他看到透明玻璃门外闪过一个黑色人影。

　　田岛的表情变得惊慌失措。

　　那个黑影不是别人，而是之前见过面的宫崎刑警。

　　自己被刑警盯上了，这是田岛未曾想到的。

第九章

北部风景

北 の 風 景

1

听过宫崎刑警的汇报后，中村警部补认为有必要改变思路。

此前中村让宫崎刑警跟踪记者田岛并非怀疑他涉案，而是因为田岛看到久松的存折时表情很反常，所以中村想，作为一名报社记者田岛手里一定是掌握了什么线索，他在看到存折的瞬间想起来了，或者是忽然意识到自己手里的线索十分关键，中村想知道那是什么线索。可听了宫崎刑警的调查汇报后，中村意识到，自己的判断有误。

（田岛并非掌握了什么线索，或许他已经被卷入此次案件中了。）

中村这样想着。

"记者田岛似乎怀疑自己的女朋友山崎昌子与被害人久松实之间有什么关系。"宫崎刑警汇报说。

宫崎还发现，田岛暗中调查过女朋友的存款账户，以及她住的公寓。

"我尾随记者田岛来到东西银行成城分行，调查发现山崎昌子的账户在 10 月 26 日曾取出十万日元，是从她总计十万零六百二十日元的账户内取出十万日元。"宫崎补充道。

那笔可疑的二十万日元是 10 月 30 日汇入的，10 月 26 日正是四天前。

所以田岛看到久松的存折才会露出那么吃惊的表情，中村认为这就解释得通了。

想必田岛是从久松的存折联想到了女朋友的存折。原本她在 10 月末一次性取出那么一大笔钱就令田岛起了疑心，此时田岛又看到久松的存折在 10 月末汇入一笔二十万日元，就更加重了怀疑，这也合理。

"那个叫山崎昌子的女人跟记者田岛一起在三角山案发现场目击了久松的死亡。"中村对宫崎刑警说。

中村在案发当天见到过她，记得她穿了一件白色毛衣，是个标准的美人。

"汇入那笔二十万日元的女人，说不定就是山崎昌子。"中村说。

"我认为有必要调查清楚。"

"先要想办法拿到她的笔迹，如果与汇款单上的笔迹比照后确定出自同一人之手的话，再展开彻底调查也不迟。"

次日，宫崎刑警来到山崎昌子的工作单位，去人事课调取了她亲笔撰写的个人简历。

"在人事课听到了一件有意思的事。"宫崎刑警饶有兴致地说，"据说昨天有一个声音听起来很年轻的男人打电话到人事课，询问山崎昌子 10 月末是否休假返乡了。"

"那个男的叫什么？"

"他没说。不过我猜，应该就是记者田岛。"宫崎刑警充满自信地说。

"为什么断定就是他？"

"我问过来电话的时间，正好是下午 3 点。我昨天一直跟踪田岛，那个时间正好看到他在成城学园前的电话亭里。"

"这样啊。基本可以认定那通电话是田岛打的。可他为什么要问昌子休假的事情呢？"

"她出身岩手县。"

"嗯，在简历里看到了。"

"从人事课了解到，她父母双亡，岩手县老家只有一个亲姐姐了。她姐姐嫁给了当地的一个有钱人。"

"原来是这样。"中村点点头，事情慢慢变得明朗起来，"山崎昌子虽然取出了十万日元，但是还不够二十万日元。得想办法凑齐，所以就回岩手县找她的姐姐了。田岛一定是这样猜测的，所以才把电话打到她的工作单位询问。"

"可以这么认为。"

"事实呢，她 10 月末的确休假了吗？"

"是的。她自称要返乡，10 月 29 日和 30 日休了两天。其实相当于只休了一天半，因为 30 日是周六。"

"所以她在 10 月 30 日到三星银行上野分行汇出了那笔

二十万日元……"中村自言自语似的嘟哝着，突然他想到了什么，"上野啊！就是上野！"中村猛然大声对宫崎刑警喊道。

"之前我们一直搞不明白，东京那么大，她为何不去别的地方，偏偏在上野汇款呢？这下就说得通了，如果戴太阳镜的女人是山崎昌子的话，不在上野汇款那才奇怪呢。从岩手县返程的火车终点站就在上野，而且三星银行的上野分行就在车站正对面。"

2

山崎昌子的笔迹鉴定结果出来了："判定为同一人的笔迹。"

搜查总部此前四处碰壁，如今因为这份笔迹鉴定报告一扫阴霾，全员振奋。

那么，基本可以判定戴太阳镜汇款的女人就是山崎昌子了。会是山崎昌子杀了久松实吗？

现在还不好说。

"当下出现一条有价值的线索，不过下结论还为时尚早。"中村谨慎地对手下的刑警们说。片冈有木子的嫌疑并没完全排除。如果杀害田熊加奈的与杀害久松实的是同一人，则可以排除片冈有木子；如果不是的话，那片冈依旧有嫌疑。而警方目前对此尚无定论。

此外，还有几处疑点没有解开。

"第一，关于'天使'的问题。"中村说，"根据久松的遗言，凶手应该与'天使'有关，这种观点如今依然适用。可目前没办法将山崎昌子跟'天使'联系起来。"

"对她的周围摸排一遍，肯定能问到'天使'是怎么回事。"宫崎刑警说，"就连她被勒索的原因，想必也能查清楚。"宫崎有些年轻气盛，发言过于武断。

中村看向矢部。矢部不愧是资深刑警，十分谨慎地说："要是能查到当然好。不过嘛……"

他缓缓道："即使查清这两个问题了，可山崎昌子是有不在场证明的啊。口供记录无误的话，久松遇害时她是跟记者田岛在一起的。那个报社记者是目击证人，如果想推翻他的证词，那可要大费周折了。"

"我也同意矢部的观点。"中村笑了一下说。

刑警们都外出调查山崎昌子了，中村把田岛和山崎昌子的口供调取出来。

两个人的口供几乎一致，仅有的不同就是田岛下到山崖底部，在久松实身边听他说遗言的那段。那时昌子是一个人，不过当时久松实已经遇刺了，所以这里并无破绽。

除此以外，两个人始终在一起，田岛和山崎昌子的口供可以相互印证。假设口供是真实的，排除两人共同犯罪的情况，那么昌子没有杀害久松实的时间和机会。

（假设口供是编造的呢？）

中村也在想，两个人都在说谎，这种可能性不是完全没有的。案发现场除了被害人久松以外，只有他们二人，假设昌子是凶手，如果二人决心合谋的话，编出怎样的谎话也不会被拆穿。所以有这种可能，二人合谋将久松实骗至三角山，然后杀害了他。

（可是……）

中村歪了歪头。如果口供是编造的话，实在过于完美了。因为大凡说谎，必定会在某处露出些许马脚，可现场搜证的结果跟他们的口供完全对得上。

况且，要是二人合谋，那么田岛看到久松的存折时面色大变就解释不通了。那种惊恐的神情不是演出来的，中村明明白白地看到田岛在他面前变了脸色。

在那个瞬间，田岛开始怀疑自己的女友山崎昌子可能与久松有某种关系。因此，可以排除两种可能：一是 11 月 15 日，也就是案发当天，田岛和昌子二人合谋杀害了久松；二是田岛目击了昌子杀害久松，进而说谎包庇她。

中村点燃手中的烟，重新翻看了一遍二人的口供。一边读一边挑出关键信息用便签记下。

○ 11 月 15 日（星期一），上午 10 点，二人在新宿碰面，乘坐京王线。（目的地是昌子选定的）

○ 登了三角山，因路牌出错，二人误入一条荒废的旧路。（登三角山也是昌子的主意）

○ 进入树木围成的通道，快要出来时二人听到了男子的惨叫。久松胸前插着匕首，跌跌撞撞扑了过来，旋即跌落到山崖下。

○ 田岛爬到山崖下，听到了久松的遗言："ten……"（此时独留昌子一人在山崖上）

○ 二人来到派出所报案。

括号中的文字是中村觉得可疑的地方。尤其是提议去案发地三角山的不是田岛，而是昌子，中村对此十分留意。

不能排除山崎昌子此前去过三角山，了解过此处地形，随后选定那里为作案地点。她拉着男朋友或许是为了能给她提供不在场证明。这样一来，即使她被怀疑，只要有田岛的证词，那警方也只能是怀疑，没有证据。

中村的脸色逐渐沉郁起来。

3

外出调查山崎昌子与"天使"关系的宫崎刑警，面色凝重地回来了。

"查得很困难。"此时的宫崎刑警跟出去调查时意气风发的样子截然不同，声音十分疲惫，"去了山崎昌子的公司三和商社，可打听下来她的名字跟天使扯不上关系。在公司她的昵称是'小可爱'，既不是'天使'也不是'安琪'。"

"三和商社之前的公司呢？"

"她来到东京第一份工作就是在三和商社。本想着查查她有没有做过护士，或者在某个名为天使的咖啡馆打过工，可很遗憾，都没有。"

"久松勒索她的原因呢？"

"这个也没查到。"宫崎刑警的声音没了活力，"当然，她也没有犯罪前科。不管是她所住公寓的邻居还是公司同事，没人对她有负面评价。"

"可是，给久松汇那笔二十万日元的人的确是山崎昌子啊。"中村的表情十分为难，"能一次性给他那么大一笔钱，一定是被拿捏住了什么把柄。"

"既然她来东京以后的事情查不出个所以然，那咱们换个思路，会不会是她来东京之前有什么把柄呢？"宫崎刑警分析着。

中村这时想起了片冈有木子的事情。她就是因为来东京之前在沼津的事情被久松发现，进而被勒索的。那么山崎昌子很有可能遭遇同样状况。

中村翻看起山崎昌子的简历。

她是十九岁时来到东京的，并非在高中毕业后立即过来，而是在岩手县待了一年以后突然来的。突然来京必有蹊跷。

"有必要去一趟岩手县。"中村说。

他决定亲自前往。

<h1 style="text-align:center">4</h1>

中村当晚乘上了 22 点 18 分从上野站始发，终到盛冈站的特快"北星号"列车。

前来送行的矢部刑警说："希望你在岩手县能有些收获。"中村想的也是如此。

乘客当中已经有背着滑雪板的年轻人了，这也让人有了冬天将至的切实感。

刚一发车，中村拿出山崎昌子的简历，目光落在简历的照片上。这是她四年前刚进公司时拍的，看起来很年轻。之前在南多摩警察署看到她时，她看上去依然很年轻，容貌几乎没什么改变。

（这不是之前那张底片中的女人。）

年龄对不上，中村这样想着。底片中穿和服的女人难道真的与这个案子没关系吗？

回过神来中村才发现，对面座位上的一个老人正在偷偷笑他。或许是因为他一直在目不转睛地盯着照片上的年轻女人看吧。

中村无奈地苦笑，只得收好简历，点燃一支烟。

第二天上午 8 点 25 分，列车抵达盛冈。

天空开始飘起小雪，这里冬天已至。下到月台，中村冻得皱起眉头，把外套的衣领立了起来。

要想去昌子的老家，需要在盛冈换乘釜石方向的山田线列车。下一班釜石方向的列车 9 点 10 分发车，所以他得等待近四十分钟。中村有些心烦。

不想在风吹雪打的月台上等，中村来到站内的餐厅，点了一份吐司外加牛奶。与此同时，带着浓郁地方口音的站内播报灌入中村的耳朵。窗外的小雪，搭配耳旁的方言，让中村真实地感到自己已经来到北方了。

列车发车时，雪还在下。

乘客不多，中村看着窗外迅速闪过的景色。

列车渐渐驶出盛冈市区，眼前的景色已是一片银白。收割完毕的农田和杂树林都仿佛笼上了一层白纱。

雪似乎有消声的奇效，窗外的景色仿佛默剧一般呈现。

（这么安静的地方，会隐藏着黑暗的致命秘密吗？）

中村渐渐无法面对自己的怀疑之心。

中村在 K 站下了车。这站只有他一个乘客下车。细雪依然纷飞，车站及站前的路面都积了一层雪。一阵风吹过，地上的雪被卷起飞扬。

站前只有一间简陋的小饭馆。在这样一个满眼农田和杂树林的地方，孤零零地立着这么一家小小的饭馆，看起来很奇怪。附近有一条路，是盛冈通往釜石的必经之路，那么这家小饭馆或许就是招待过路司机的吧。

中村踏着大约十厘米厚的积雪，深一脚浅一脚走到路边，钻进那家小饭馆。

泥地中间摆着一个火炉，店里没有客人，中村把自己冻僵的手凑近火炉旁取暖。

"有什么热乎的吃的，给我来点儿呗？"中村冲里面喊了一声。从里边走出来一个圆脸的女孩儿。她的脸长得十分扁平，两颊通红。

"只有拉面，行吗？"

"可以。"中村点点头。这种地方竟也卖拉面，他不禁苦笑。

"喝点儿酒不？"女孩儿在里边问。中村说不要。

端上来的是一碗速食拉面。吃过这碗都市风味的拉面后，中村向她打听 K 村的派出所在哪儿。

女孩儿告诉他从这儿往北走五百米就是。

中村付过钱，走出小饭馆。有一条小路蜿蜒向北边，岩手县的山峦披着皑皑白雪，近得仿佛就在眼前，向北延伸的那条小路仿佛被群山吞噬了。

风强劲地吹，细雪打在脸上，中村不仅觉得冷，更觉得有些疼。

饭馆的女孩儿告诉他说只有五百米，实际距离要翻倍，当中村看到派出所的建筑时，浑身已经冻僵了。

派出所里，一个中年巡警在火炉旁烤着手，火炉上方吊挂着鱿鱼干，一幅闲静的画面。

中村亮明身份，说自己是东京警视厅的，那位巡警眼睛瞪得溜圆。

"这个村是有啥大案子了吗？"

"不是。"中村回答道，手凑近火炉旁烤起来，"没那么夸张，我就是来调查些事情。"

"您想查什么呢？"

"这个村子很僻静啊。"

"可不嘛，我到这儿都七年了，连一个案子都没碰到过。"

"七年了啊。"山崎昌子是四年前来到东京的，也就是说，她突然进京跟案子什么的没关系。

"比起案子，这附近一到冬天总有熊出没，这才是真正危险的。"

"熊呀？"

"这一带可是'狩猎人万三郎'故事的发源地哦。"

"那个民间故事吗？"

"对呀，就是熊和猎人的那个，故事赞扬了猎人的执着。讲的是猎人把追踪了很久的熊赶入一条狭窄的灌木丛生的小路，最终用长矛刺死了它。但自从我到这儿以后，没见过能把熊杀了的，倒是见过不少被熊弄伤的。"

巡警把烤好的鱿鱼干熟练地切开，递给中村。中村吃了起来。

"换个话题，有一个叫山崎昌子的姑娘是从 K 村去了东京吧？"

"是啊，她谁都没告诉，自己突然跑东京去了。她可是村子里数一数二的美女，她姐姐也是个美人。"

"她的姐姐已经结婚了吧？"

"她姐叫时枝，嫁给村里姓沼泽的首富了。结婚典礼是五年前办的，轰动一时。"

"婚礼很豪华吗？"

"当然，不过也不单单因为这些，还因为双方门第差距太过悬殊，引起很多的反对和闲话……"

"门第啊……"

"你想啊，一边是大财主，一边是平民百姓家的女儿，引起非议也正常。按这边的习俗，结婚对象不是当事人或者父母决定的，而是按照世俗的意见定的呢。村子比较小，村里谁跟谁适合结婚，很早之前就开始传了，如果最后结婚的对象跟大家传的不是同一人，那肯定就会有反对的声音。"

"原来如此。"

"麻烦的是，这种风气一时很难改变啊。"

"现在他们夫妻二人过得好吗？"

"看着过得挺好的，就是结婚第一年的时候遇到了些不幸。"

"不幸指的是？"

"时枝的第一个孩子流产了。"

"哦……"

"这件事对她打击很大。当初反对的人当中，也有不少在背地里说闲言碎语的。不过两年前他们生了一个女儿，之后她整个人就缓过来了。"

"您能帮我看看这张照片吗？"说着，中村把久松实的照片递了过去，"这个男人近期有没有来过村里？"

"是个帅哥啊。"巡警眯着眼看着照片，"没见过。这个村子很小，有外来人的话，一眼就能认出来。"

"确定没见过这个男人是吗？"

"没见过。"巡警肯定道。

中村感到期待落空了。原以为久松为了调查山崎昌子的过去，会来这儿的。要是他没来过的话，那久松手中掌握的山崎昌子的秘密究竟是什么呢？无论如何，自己既然来了，还是有必要去一趟沼泽家问问关于昌子的事情。

中村打听路怎么走，巡警说清路线后，盯着中村脚下说："你穿这双鞋可不行啊。"

雪暂时是停了，天也已放晴，可积雪很深，穿着短靴很难走路。刚刚从车站走到派出所时，中村的鞋里已经灌进雪了，现在袜子都是湿的。

巡警从里屋拿出来一双半旧的高筒胶靴。中村谢过他。

告别巡警，出门走了大约五分钟，中村看到了村公所 ①。

为了慎重起见，中村还是让那里的工作人员看了久松的照片，结果得到的回答同样是没见过，也没人听过久松实这个名字。

久松没来过村公所。看来派出所巡警所言不虚，久松的确没到过 K 村。

或许这次调查就要无功而返了。中村的心中生出一种不安。

5

沼泽家很好找。在 K 村一众破旧的农家院中，沼泽家的豪华宅邸十分醒目。进到四周满种着榉树的宽敞院落，中村看到一只很大的日本犬在绕着落满雪的庭院巡逻。

那只犬看到中村后立即发出刺耳的狂吠。

中村有些怕狗，于是停住脚步。这时，从昏暗的房子里出来一个年轻男子，他低声喝止住狗叫。

男人个子很高，身量瘦削。

"你是谁？"男人问道。虽然带了些口音，但说的是普通话。

---

① 此处原文为"村役場"，指日本町村职员的办公场所。

"我是山崎昌子的朋友。"中村回答,"我们在同一家公司上班,到这儿旅行顺路过来拜访。"

"哦。"男子微微点头,"那就是时枝的客人了。"

从称呼看来,男子应该是时枝的丈夫。

"不巧,她昨天有些感冒现在正在休息。您请进吧。"沼泽招待中村进到屋内。

宅子非常宽敞奢华,可不知是否因为遮雪的房檐过长,屋里有些暗。

中村被引到位于里侧的客厅。客厅里寂静无声、寒冷异常,有位身材矮小的老妇人搬来一个火炉,放到中村身边。中村猜她可能是沼泽的母亲。但沼泽说因为时枝生病了,老人是临时从附近的农家请来帮忙的。

"是旁系的亲戚。"沼泽补充道。看来在这里,"嫡系""旁系"这种古风的用词还有一定的影响力。想必类似于"地主"和"佃户"之类的称呼也依然保留着。

隔扇门被拉开,走出来一个抱着孩子的三十岁左右的女人。从脸上的红晕可以看出,她的烧还没退。

"我是昌子的姐姐时枝。"女子开了口。

"您还是卧床休养吧。"中村赶忙说。

"我好多了。"时枝赧然一笑道,"还要感谢您一直以来对我妹妹的关照。"说着向中村低头致谢。

或许时枝根据中村的年龄判断,以为他在公司是课长或部长的职级吧。

沼泽很有眼色，离开了客厅。

此时，在时枝膝盖上坐着的小女孩儿正眼神天真地盯着中村。派出所的巡警曾提到过，孩子是两年前出生的，也就是说现在应该两岁了。小女孩儿长得很像妈妈，眼睛大大的。

时枝双手环抱着孩子，中村定睛一看，她左手的小拇指和无名指少了一半。

"啊。"时枝轻喊了一声，赶忙用右手去遮挡左手。中村有些尴尬，因为自己刚才在不自觉地盯着她的手指看。

"实在是失礼了……"中村的脸涨得通红。

"没关系。"时枝笑了笑，"小时候被熊咬断的，是一只很小的熊……"

"被熊咬的啊。"

看来巡警说得没错，这一带有熊出没很危险。

中村把话题转到了昌子身上。

"令妹是十九岁去东京的吧，为什么会突然进京呢？"

"昌子从小就立志要去东京打拼，况且我们姐妹俩父母早亡，她也不必守在老家……"

"高中毕业以后没有立即去东京吧？"

"嗯，在我家帮了一年的忙。"

"在您这儿吗？"

"是的。"

"前阵子她还回来了一趟吧？"

"嗯。"

"她回来是为了什么事吗？作为她的领导，很关心她的情况，所以想了解一下。"

"没什么特别的事情。她只说想念家里的山了，想回来看看。这个丫头，总是想到什么马上就要做。"

从时枝的叙述中，中村听出了谎言的味道。也许是昌子嘱咐过姐姐不要提起那十万日元的事，也有可能那笔钱是时枝瞒着夫家私下给妹妹的，因此不便提及。

"昌子平日会写信来吗？"

"写信的，不过每年也就两三封。"

"信里提到过她有什么烦心事吗？"

"您说的烦心事是指？"

"比如情感问题之类的。"话一出口，中村猛然间意识到一件事，顿时豁然开朗。

（对啊，情感问题。）

中村为了探究山崎昌子的秘密才追查到这里，他认定久松实一定掌握了关于她的秘密。然而，那个秘密极有可能就是昌子和久松实二人本身，也就是说，久松本人就是用来勒索的把柄。所以他根本不用特意跑来岩手县。

（我怎么会忽略掉这么简单的事情呢？）

中村心中暗自懊恼，其实自己真的没必要来这一趟。

久松是个大帅哥，又是很会讨女人欢心的那种男人。像昌子这种从岩手县农村出去的单纯女孩儿，被帅哥骗到手发生关系不足为奇。

久松另外还有一个相好的——天使酒吧的妈妈桑。妈妈桑文代是他的金主，他自然是不肯放手的，所以跟昌子的关系只能在暗处，不能公开。这样想来，当初在调查与久松有关的女性时，没查到昌子也情有可原。

说不定昌子还期待着有朝一日能跟久松结婚。可久松是花花公子，根本没有结婚的打算。就在昌子的心情焦躁不安时，日东报社的记者田岛出现了。

对年轻女孩子来说，报社记者这个职业很有吸引力。田岛虽谈不上长得多英俊，可也不失魅力。于是昌子移情别恋了。

可到了跟田岛谈婚论嫁的时候，昌子又担心起此前跟久松的关系。要是被田岛知道自己曾跟别的男人发生过肉体关系，田岛或许会离开自己。不仅如此，久松不是一个容易对付的人，他会找自己什么麻烦还不一定呢。

所以昌子想用封口费解决。久松开价二十万日元，昌子从自己的存款中取出十万日元，差的十万日元是从姐姐那里借来的……

"那个……"时枝客气的声音打断了中村的思考，把他拉回到现实中，"请问您怎么了？"

"没事。"中村回过神，忙笑了笑。自己刚才肯定是在发呆。

“多有打扰了。”说着，中村站起身。现在已经没必要在此地多耽搁，这里找不到他想知道的秘密。

时枝想要留客，中村借口说一会儿还有事情要处理，于是告辞，出了房间。

昏暗的走廊上站着一位老先生和一位老妇人。他们看到中村后，没有说话，只是低头行了礼。这位老妇人不是方才在客厅见到的沼泽家的旁系亲属，想必这二位是沼泽的父母。中村也低头回了礼，心想：这里真是古风尚存啊。

6

中村乘坐当天的火车返回了东京。

在开往上野的列车里，中村翻开笔记本，一边做记录，一边接续上自己在沼泽家被打断的思考。列车在铁轨上行驶发出单调而重复的声音，反而有助于他想问题。

那笔二十万日元应该是昌子作为分手费支付给久松的。她本以为自己这下终于可以踏踏实实地跟田岛结婚了，可久松那边收钱后，突然反悔，觉得就这样放弃昌子很可惜。

类似的事情很常见，由此可以看出男人的任性。天使酒吧的妈妈桑虽然长得很美，可毕竟不年轻了；脱衣舞娘片冈有木子尽管身材迷人却不够清纯；昌子则不一样，既长得美、够年轻，又很清纯。所以久松突然舍不得放手倒也在情理之中。

久松的态度大变，让昌子进退两难。这样僵持下去，她和田岛的婚事恐怕要告吹。她实在难以忍受继续跟久松牵扯不清，所以动了杀人的念头。她把久松约到三角山。具体是怎么约他来的中村目前尚不清楚。总之昌子把久松约了出去，并成功将其杀害。她还利用男朋友田岛制造了自己的不在场证明。

中村取出一支烟叼在嘴里，点着火。火车的供暖实在太好了，车里很热。中村脱掉外套，只穿一件衬衫，顺势把脚搭在了面前的空座上。

（目前的推断应该不会有错。）

中村思索着。他整理了剩下的问题，并试着按照自己的想法做出回答。

他在笔记本上写下：

　　问题一：关于天使

这个问题有两个答案。第一个答案是，久松的遗言并不指向凶手，但这个答案不太有说服力；第二个答案比较有说服力，绢川文代和片冈有木子都跟"天使"这个词有某种关系。然而，文代已经三十多岁了，有木子又是脱衣舞娘，恐怕在久松眼中，表面上跟"天使"一词没什么关联的山崎昌子最接近自己心中天使的样子。所以久松临死前，潜意识里的"天……"就脱口而出了。

问题二：关于田熊加奈的死因

中村认为这个答案很简单。如果死因是他杀，肯定与久松实的死脱不了干系。

如果凶手为同一人，那么已经去世的片冈有木子可以排除嫌疑。绢川文代的话，虽然她有作案时间，可没有作案动机，她没理由非杀了田熊加奈不可。更何况，绢川文代跟久松的关系基本上是半公开的秘密，即使她进出久松住的公寓被管理员田熊加奈看到，也并没什么。如果久松是在他住的公寓遇害的，那田熊加奈的证词或许会变得很关键，但事实上，久松是在相当远的三角山被杀的。

最后只剩下山崎昌子了。她跟久松的关系是一个秘密，要是关系被曝光了的话，对她来说十分不利。不仅会引来警察对她的怀疑，更会让她失去田岛。所以，她去久松的房间如果不小心被田熊加奈看到的话，她无论如何都要把田熊灭口的。所以山崎昌子杀害田熊加奈的动机最强烈。回到东京后，有必要尽快查一下田熊加奈被害当天，昌子是否有不在场证明。

问题三：山崎昌子是用什么方法杀了久松

具体的杀人手法不得而知。假设田岛和她的口供是真的，那么她没有杀人的机会。可昌子真是凶手的话，一定会在什么地方留下破绽。

为了找出破绽，警方需要田岛的帮助。或许他会拒绝配合，其实可以理解，田岛毕竟爱着昌子，怎么会心甘情愿配合警方调查取证去认定她是凶手呢？

然而，田岛的帮助是必不可少的。11月15日三角山案发现场除了遇害的久松实以外，只有田岛和昌子两个人。如果他一口咬定不是昌子杀了久松，那就是最完美的证明，可以还昌子清白。

回东京后，无论如何也要获得田岛的帮助，这要先说服他，之后让他重新回忆一遍11月15日当天的情形。这样一来，肯定会出现某些与初次口供不同之处，那不同之处一定就是山崎昌子作案的破绽。

中村抱着双臂，凝视着车窗外转瞬即逝的夜景。

第十章

稻草人和海苔卷

1

"课长想见见您。"看到宫崎刑警的瞬间，田岛感到自己表情变得僵硬。那位课长要找自己谈什么，大致可以猜想得到。

因为田岛清楚，警察在调查昌子。搜查部门的目标已经不在片冈有木子或者绢川文代那里，而是将矛头转到昌子身上。中村警部补去过岩手县的事，田岛是知情的。不只是田岛，其他的报社记者也知道。不过，他们不清楚中村警部补为何要专程去一趟岩手县，这让他们十分挠头。只有田岛知道内情。换作平时，掌握这样的一手资料，出于职业习惯田岛也会十分兴奋，可如今事关昌子，他实在没办法抱着跟往常一样的心情。

来到课长办公室门口，其他报社的同行半开玩笑地对田岛说："真是老狐狸，竟然跟警察私下交易。"话虽是玩笑，可田岛有种被讽刺的厌恶感。

课长办公室里，课长和中村警部补在等着田岛的到来。

"别紧张，随便坐吧。"课长请田岛落座。

田岛刚一坐下，习惯性地随手掏出笔记本，这时他突然意识到不妥，只得苦笑着收了起来。今天，自己是被问话的对象。

"今天请你在百忙之中过来，是有事要拜托。"课长寒暄道，"当然，我们无意强迫你，也没权利这样做。不过还是希望你尽己所能为我们提供些帮助。"

"我也希望能帮到你们。"

"想必田岛先生已经知道我们现在调查的对象是谁了。"中村警部补开门见山道。

"我想我知道。"田岛十分冷漠地说，"说不知道，你们也不会信吧。"

"我们现在正调查山崎昌子。"课长用异常郑重的口吻说。当课长说出昌子名字的一瞬，田岛突然有一种不安，似乎昌子的存在已变得十分遥远。在课长和中村警部补眼中，昌子不是一个活生生的年轻且单纯的女孩儿，在他们看来，昌子不过是一个概念上的犯罪嫌疑人。这情有可原，不过田岛依旧对此很排斥。

田岛沉默无语，点燃一支烟。可能嗓子太干了，烟抽起来十分呛口。

"你的心情我能理解。"课长接着说，"大致能想到你尴尬的处境和痛苦的心情。可身为警察，我们有自己的使命和义务。我们必须要破获这起杀人案，将凶手绳之以法。"

烟变得更难抽了，还剩一大截就被田岛摁灭在了桌上的烟灰缸里。

"我们怀疑，山崎昌子就是杀害久松实的凶手。"

"这太扯……"

"可你不是也对她有所怀疑吗？你曾调查过她的存款账户，所以应该清楚，10 月 26 日她取出过十万日元。"

"这样说来，你们派了刑警跟踪和调查过我吧？"

"没错，此外还查了别的事情。有一个戴太阳镜的女人曾出现在三星银行上野分行给久松的账户汇入二十万日元，我们把山崎昌子的笔迹和汇款女人的笔迹做了对比鉴定，结果证实为同一人。可以推断昌子是受到久松的敲诈，被迫于 10 月 30 日汇出二十万日元的。"

"也就是说，山崎昌子有杀害久松实的动机。"中村警部补接着课长的话补充道。

"可是……"田岛辩解，"被久松敲诈的不只有昌子一个人吧？片冈有木子，还有酒吧的妈妈桑绢川文代，虽然形式不同，但都被他敲诈过。除她们二人之外，难说没有其他人也受到过久松的敲诈。况且，也不能确定久松被杀的原因只有敲诈这一项吧？他住的公寓里，保不定有人厌恶他到了想要杀死他的地步。"

"这些我们都调查了。"中村警部补苦笑道，"我们警方曾去青叶庄走访，该查问的都已查问清楚，在逐渐缩小调查范围的过程中，山崎昌子进入到我们的视野。"

"可警方此前一直是把片冈有木子列为重点嫌疑人啊？"

"这点我们承认。不过，还是托你的福，我们才把她从嫌疑人名单里划掉的。你曾提供过证词，青叶庄的管理员田熊加奈的死不是自杀，而是他杀。如果是同一凶手所为，那么片冈有木子的嫌疑就不成立了，所以……"

"所以你们认定昌子就是犯罪嫌疑人了？"

"不是认定，我们还在调查中。"中村警部补发言十分谨慎，"此外，我们还调查了田熊加奈遇害当天，山崎昌子是否有不在场证明。"

2

"结果呢，她有不在场证明吗？"田岛尽力用平和的语气问，可声音在微微颤抖。为了掩饰心中的不安，他又拿出一支烟叼在嘴上。

"当天她的确去上班了，可她上午以肚子疼为由，早退了。"中村警部补缓缓道，"山崎昌子在上班途中会路过青叶庄，所以只要早起一会儿，不用请假，就可以去调包牛奶瓶。后来，她从公司早退，想必是为了顺路去青叶庄确认田熊加奈是否死亡，再摆上阿尔德林的空瓶，随后将牛奶瓶调包。这是我们的分析。"

"证据呢？你们能证明是昌子调包了牛奶瓶吗？"

"很遗憾，目前我们没掌握证据。"

"要是这样的话，说不定她是真的肚子疼所以请假早退了啊。"

"可当时公司同事劝她去公司的卫生室检查一下，她拒绝了。"

"所以，这能说明什么呢？"田岛语气冰冷，"就说我吧，有时候头疼或者腹痛也不想去看医生的。退一步讲，就算她是装病而请假早退的，以此认定她有嫌疑未免过于草率了吧？况且她那么年轻，就算为了追一场必看的电影装病请假早退，这种情况也是有的吧？"

"你想袒护她的心情，我们可以理解……"

"我没有在袒护她！"田岛有些激动，提高了嗓音，"不管有对她多么不利的证据，她也绝对不会是凶手！她不可能杀了久松，因为久松被害那天，她跟我在一起，一直在一起。听到久松惨叫的时候，她就在我身边。你们说，她该怎么杀久松？"

"你们的证词我看过很多遍。"中村警部补表情为难地说，"所以我们才需要你的帮助。"

"难不成，你们怀疑我在替昌子做伪证？如果这么质疑我的话，你们真是看错人了。我的口供句句属实。"

"实话讲，此前我们的确在分析你是否会做伪证。毕竟久松实遇害时，身边只有你跟山崎昌子两个人。只要你们两个商量好口径一致，那就可以做出毫无瑕疵的伪证。可当下，我们认定你没有做伪证。"

"我确实没说谎。"

"不过，你的口供中会不会有些许遗漏呢，我们可以这么考虑吧？"中村警部补不错眼地盯着田岛的表情。课长靠在椅背上，眼睛眯成一条缝，也在观察田岛。

中村警部补接着说："我们认为，那起案子是凶手精心谋划后实施的。凶手按照计划将三角山选定为作案地点，然后把久松约出来。之后，拉上你帮助自己做不在场证明。"

中村警部补全程没有提到山崎昌子的名字，而是使用了"凶手"的称呼。可显然，他是脑子里一边闪着她的名字，一边陈述的。

"也就是说，我们认为你被凶手利用了。"

"昌子不是那种女人！"

"最好是这样。可不论是什么样的女人，一旦犯了杀人罪，警察都要将她逮捕归案。"

"我明白。"

"明白的话，请你配合我们的调查。"

"昌子真的不是凶手！"

"下结论以前，能不能请你重新看一遍口供呢？"一直没说话的课长低声问道。中村警部补拿出打印的文件，放在田岛面前。

田岛只瞥了一眼。

"再看一遍也是一样的，我没说谎。"

"我们知道你没说谎。"课长依旧用低沉的声音说，"我们不是要修改你的口供，只需要你配合看一遍就好。"

田岛无可奈何地拿起那份口供，翻了翻。

文件上的字跃入眼中的一瞬间，田岛记忆里 11 月 15 日那天的情形又鲜活地再现了。

昌子的笑容、深秋时节刺眼的阳光、遮天蔽日的红叶、摆错的路标、树木围成的隧道、昌子的白毛衣，还有男人的惨叫和久松实痛苦的脸，这些全部闪现在田岛的脑海中。

口供里没有遗漏。不对，有一处遗漏，不过那是私事，应该与案件无关。

"怎么样？"中村警部补问，"有没有漏写的？"

"没有。"

"当真吗？不论多么小的细节，如果有遗漏，都希望你能告诉我们。"

"口供里没记我给她拍照片的事情，这都是私事，没必要记录吧？"

"有必要，请您说一下。总共给山崎昌子拍了几张照片？"

"只拍了一张。"

"在什么地方拍的？"

"树木隧道里。她在倒鞋里的石子，我就把她当时的样子拍下来了。"

"树木隧道里吗？"中村警部补有些困惑，"当时的情形能不能说得详细些？隧道里很狭窄，按说你们两个人是没办法并肩行走的吧？"

"我走在前边。"

"然后呢？"

"跟她说话没反应，一回头发现她蹲在原地，跟我说在倒鞋里的小石子。我看她蹲着的样子挺逗趣的，就随手拍了下来。"

"可以理解成，从你跟她说话一直到回头看她的这段时间里，她不在你的视线范围内？"

"这么说的话，的确是这样。"田岛有些不高兴，"不过也就是两三分钟的事。而且久松实遇刺是在我跟昌子已经走出树木隧道之后了呀，所以那两三分钟的时间应该跟案子无关。"

中村警部补没说话，想了一会儿。

"其他呢，还有什么忘说的吗？"

"没有了。"田岛生硬地回答，"总之，杀死久松的不会是她。如果警方逮捕她，未来我会站在证人席上证明她没杀人的。"

"我们不会贸然抓人。"课长声音沉稳地说，"不过，我们认为 11 月 15 日的凶杀案是山崎昌子一手策划的。选择去三角山、弄反路标，全都是为了杀害久松实做的铺垫。我们会想办法找到证据的。"

3

出了课长办公室，田岛的脸上还残存着阴郁的不安和激动的神情。

课长说，全部都是昌子一手策划的。

田岛不相信他的话。

因为他未曾想过，更不愿意相信昌子会为了杀死久松而背叛和利用自己。

这一定是警察的自说自话，他们的目的是想混淆视听，为警方至今为止的差劲表现找个替罪羊，所以选择牺牲昌子。田岛这样不断自我麻痹着，选择无视警察的怀疑。

（可是……）

田岛有一种不安。虽然他选择相信昌子是清白的，可自己内心某处仍牢牢地存着某种疑虑和担忧。

案发之初，田岛对昌子是没有任何猜疑的。他的脑海中从来没出现过怀疑这个词，杀人案与山崎昌子对他来说完全是两个世界的存在。

可是，这份信任在他看到久松实的存折时，瞬间崩塌了。从那时起萌生的疑虑和担忧至今仍未消散，而且在不断发酵。

爱一个人就会无条件相信对方，这恐怕只能是爱情童话里的故事。田岛心里依然爱着昌子，可根本无法控制自己不去怀疑。

田岛从搜查总部出来后，直奔新宿。

他要重新走一遍 11 月 15 日案发当天和昌子的郊游路线。之所以这么做，并不是因为相信了课长和中村警部补的话。相反，田岛想驳斥警察"昌子策划了一切"的判断。

上午 10 点 30 分田岛到达新宿。比 11 月 15 日那天到车站的时间晚了三十分钟，不过时间上没差太多。气温也与那天不同，看来，想要完全复刻当日的情形是不可能了。

建在商场地下的京王线新宿站跟那天一样，荧光灯依旧闪着刺眼的白光。

田岛来到售票处。墙上挂着沿线车站导引图，站名的下边简单绘有各站对应的名胜和景点。

案发当日，昌子曾说，是因为圣迹樱之丘的站名在一众站名当中最为浪漫，所以才临时起意买了去往那里的车票。这会是她故意的吗？

田岛逐一看了看从新宿到终点站之间的所有站名，发现会让人产生浪漫联想的站名有很多：

芦花公园

杜鹃花丘

多摩陵园

分倍河原

百草园

平山城址公园

此外，还有不少很有意思的站名。可这些与圣迹樱之丘比起来，哪个更浪漫，田岛无从判断，况且各花入各眼，人的感受存在着差异。所以单从站名这一项来看，不能认定昌子是故意为之。

田岛暂且松了一口气。

他把视线从墙上的路线导引图转移到旁边的旅游导引图上。

昌子那天对田岛说过，她是问了服务处的工作人员，对方告诉她圣迹樱之丘那里有适合上班族爬的三角山。这会是真的吗？难道也是她策划的一部分？

田岛迈步走向服务处。

巨大的玻璃门上，用金字写着"京王新宿旅游服务处"几个字。门是透明的，从外边可以看到里边共有三个工作人员，他们手里拿着观光手册，在向游客做着说明。

推门而入，顿时一股热浪袭来，服务处的暖气开得太足了。

田岛看有一个男员工刚忙完，就走过去询问。他告诉对方自己想了解圣迹樱之丘，得到的答复是："在那站下车的话，您可以参观延寿寺、熊野神社、金刀比罗神社等寺庙和神社。当然，还有圣迹纪念馆值得一去。"

这名年轻的工作人员看上去二十二三岁，像背稿子似的回答。

"对了，那有一处鸟兽试验场，还有三条实美①公当年的别府'对鸥庄'。要说这里为什么被称为樱之丘，那就不得不说这一带的丘陵自古就是赏樱胜地，万延元年②时，当地村民又种植了三百六十株樱花树……"

田岛一言不发地听着工作人员的介绍，听到最后，也没有出现三角山的地名。

"听说那里有一座不高的山，叫三角山？"田岛问。

"嗯。"工作人员点点头，"风景还可以，不过没什么名气。那也没有樱花哟。"

"所以不是很推荐去，对吗？"

"嗯，差不多吧。"

"我听说，三角山比较适合上班族去爬，有这种事吗？"

"适合上班族吗？"工作人员忍不住笑着反问道，"我确实没去过，所以不清楚是否适合上班族。"

"听我朋友说，前阵子来这儿询问时，工作人员是这么告知的。"

---

① 三条实美（1837—1891），日本幕府末期、明治初期的重臣，政治家。曾因参加尊王攘夷运动被幽禁，明治维新后任太政大臣，实行内阁制度后任内大臣，一度也曾兼任内阁总理大臣。

② 万延元年，指 1860 年。万延是日本江户末期的年号。

"在这儿吗？"

工作人员歪了歪头，表示不记得说过那样的话。随后这名工作人员又问了其他两位同事，他们同样不记得有过这个推荐。

"我们是不可能为游客首推三角山的。因为圣迹樱之丘那里名胜古迹多的是。"

"我的那位朋友说是 11 月 15 日那天在这儿得到的推荐。"

"那就奇怪了。"工作人员歪着头，"自从半年前在这儿设立服务处，一直就是我们三位在这里服务，从来没有为游客介绍过三角山适合上班族爬之类的。您会不会是弄错了？"

"有可能。"田岛用低沉的声音说道。此外，他已无话可说。

"您的朋友是在三角山那里受了伤或是发生什么事情了吗？"工作人员询问。

田岛摇摇头。

"没有，朋友说，那是一次开心的郊游。"

4

田岛的心里猛然间像是裂开了一个大洞。

昌子说服务处的工作人员为她推荐了三角山，是在撒谎。

昌子明明在此之前就知道那座山。

（可是，不能凭此就怀疑她。）

　　她假装没听过三角山，骗自己说适合上班族去爬什么的，或许只是为了让他们俩在休息日能开心地游玩，所以撒了一个孩子气的谎吧。

　　他自己也有过类似的经历。田岛记得之前有一次陪昌子坐过山车，他自己以前是坐过的，可骗昌子说自己从来没坐过。情侣之间开这种无伤大雅的玩笑，是一种情趣。在三角山出事那天，昌子或许就是怀着这样的心情跟自己开了玩笑吧？

　　田岛有意选择无视这两件事之间的巨大差异。坐过山车时的谎言，可以看作是单纯的玩笑，可在三角山的谎言，是跟杀人案有联系的。

　　不过，他不会一直自欺欺人。

　　田岛买了去往圣迹樱之丘的车票。

　　电车上跟那天一样，没有什么人。车内飘荡着孤寂的空气，毫无早晚高峰时段的生机活力。

　　刚一发车，田岛就闭上了眼睛。到达目的地以前，他想尽力想一些开心的事情。

　　田岛打算想想自己跟昌子的婚事。案子迟早会了结的，抓住真正的凶手（当然了，肯定不会是昌子），然后结案。这样一来，他就马上跟昌子结婚。

　　结婚这个词曾反复多次出现在田岛的心头，放在过去，他会满心充溢着真实的甜蜜，如今却唯有难以名状的空虚。这让田岛有些不知所措。

还没有收拾好凌乱的心情，电车已到达圣迹樱之丘站。

天空阴沉沉的，灰暗的天空意味着冬天的来临。

下了电车，来到冷清的站台，右侧多摩川的方向缓缓飘荡着燃烧枯草产生的烟。

田岛步出检票口，看到上次买胶卷的那家照相馆里，老板正无聊地翻着杂志，门口的空地上，小孩子们在烧火玩儿。真是一派宁静祥和的氛围。对于这里而言，那个案子已经是过去式了吧。

田岛沿着上次的路线慢悠悠地往前走。

在这条路上，昌子曾挽着田岛的手臂，身体靠着他一起走。那时她难道是故意这么做，为了不让他回头看吗？

田岛不希望自己往这个方向思考。他只愿相信她做的一切都是源于对自己的爱，就像那天明媚的秋阳一样。可是……

之前出错的路标如今已被摆正。

这里依旧不见人影。田岛朝着树木隧道的方向走去。脚踩在堆满枯叶的路上发出声响，那天也有枯叶的声音吧，对此他的记忆很模糊。

赏枫叶的季节已经过去了。

田岛停下脚步。昌子那天好像就在这里对他说鞋里进了石子，确切的地方他实在记不清了。田岛蹲下观察脚下的枯叶，因为堆积得太厚，已经完全遮住原本的地面。

那天，昌子穿了一双米色的平底鞋，虽然鞋是合脚的，但也不能完全排除钻进小石子的可能。

是有可能进石子的。

可田岛脚边除了枯叶以外，根本见不到一颗小石子。他用手拨开枯叶露出褐色的地面，那是黏土质地的地面，没有石头。

田岛的脸上掠过慌乱的神色。他忙站起身，看向周围。他想找找看周围有没有小石子比较多的地方，因为树木隧道里只有连绵不断的枯叶铺就的地毯。可很遗憾，他在视野范围内没发现一处可能让鞋里钻进小石子的地方。

所以，昌子说鞋里进石子也是在撒谎？

疑虑充满田岛的心间。然而，案发那天跟今天有所不同，当时是赏红叶的季节，没有这么多枯叶，树叶地毯可能不像现在这么厚。

田岛抖落钻入裤管里的枯叶，返回了车站。那天他给昌子拍过照片，因为是彩色胶卷，所以把底片用幻灯机投射放大的话，或许可以看到当天地上枯叶的状态。

5

回到公寓，田岛从壁橱里翻出半旧的幻灯机。

天还很亮，于是田岛拉上窗帘，让室内暗下来。

他用图钉将一块新床单钉在墙上当幕布，把照片的底片插进机器里，按下开关，鲜艳的色彩被投射在了简易的屏幕上。

随着田岛仔细地调整镜头的焦距，屏幕上昌子原本模糊的脸逐渐清晰起来。

她的白毛衣与红色的枫叶形成鲜明对比。画面里，她蹲在地上，右手拎着一只米色的鞋。

田岛的目光不禁转向昌子的脚下。

可以看到照片中她脚下的地面被枯叶覆盖着。虽然当时枯叶的厚度跟现在有所差别，但照片中路上的确是铺满枯叶的。

这让他险些崩溃。就在田岛准备关掉幻灯机时，手突然停了下来，画面里一个奇怪的东西引起他的注意。

昌子身后有一根很细的线横在那儿，高度刚好位于膝盖附近。那条线被昌子的蹲姿遮挡住大半，只能看到一小部分，但可以确认是横穿过去的。

那是一条褐色的线，如果是黑白照片的话，这条线会跟背景融为一体，肉眼难以辨别。正因为照片是彩色的，所以能够看出与背景微妙的色差。也可以说是由于幻灯机将底片放大了数倍，因此才能看出色差。当初为昌子冲洗的照片尺寸较小，所以田岛那时没能注意到这条线。

（那会是什么呢？）

田岛盯着静止的画面。

像是抻开的橡皮筋、细麻绳或是金属丝。线被绷得很直，没有松垮的迹象，宛如一条拉紧的弓弦。

（如果脚绊到那条线会怎么样呢？）

这样想着，一种不祥的预感浮上田岛心头。

6

"陷阱"！

这个词占据着他的脑海。

捕捉猎物的陷阱，稍加改良，便可以制成足以将短剑射入人胸膛的机关。

田岛清楚地记得事发当天，他在树木隧道里一边拨弄着弹来弹去的树枝一边向前走，今天他也是以同样的方式穿过那条树木隧道的。

而杀人的短剑是像射箭那样飞射出去的。树木隧道里有无数柔韧的树枝可以当作弓，这条褐色的线也许就是弓弦。

线的高度恰好在膝盖附近，只要人从那里经过一定会触碰到。如果放在平常的环境中，脚下的线是很容易被发现的，可隧道里光线不佳，走路时光顾着拨开弹到脸上的树枝了，根本无暇顾及脚下。

田岛回忆起杀害久松用的凶器。据警方调查后公布的信息，那是一柄用锉刀磨成的短剑，刀刃被涂黑了。

当初田岛听警方通报这一细节时还觉得奇怪，为什么凶手会不嫌麻烦自制一柄短剑呢？现在看来就说得通了，原因显而易见。

对凶手来说，不能用普通的刀当凶器。只有用短剑才能达到射箭一样的效果。刀刃涂黑也是避免反光，保证设置的机关不易被察觉。与此同时，警方公开的信息中还提到，那柄短剑上有一个自制的护手，那护手应该是为了布置陷阱时能固定住短剑的。

田岛知道昌子出生于熊和狸猫经常出没的东北部的小山村，十九岁来到东京以前一直生活在那儿。山里人用来捕猎而设的陷阱她自然也懂。所以在她的认知范围内，是可以如法炮制，布置出杀人机关的。

或许，真是昌子杀了久松！

然而，她是如何布置机关的呢？

是在蹲下佯装处理鞋里石子时做的？恐怕很难，仅用两三分钟的时间布置一套能够杀人的机关不太现实。

机关一定是提前布置好了。

案发当天田岛跟昌子是上午 10 点在新宿车站碰面的。她如果早起些，先去三角山布置好机关，然后再返回新宿，从时间上看是可行的。还有，把路标摆反恐怕也是那时做的。

在树木隧道里，田岛经过机关时并没触发短剑射出，脚下也没绊到什么东西，也许那时仅剩"弓弦"的部分没有布置。待田岛经过后，昌子佯装鞋里进了石子，蹲下把"弓弦"的部分——也就是把那条与膝盖等高的线连接好。如果是这样的话，两三分钟的时间是来得及的。

随后，机关被久松实触发。

田岛再次看向简易幕布上的画面。当时昌子对拍照的事很生气，曾提出想把底片要走，如今看来并非嫌弃照片拍得不好看，而是担心田岛会拍到那套机关。

可久松遇害后，南多摩警察署的刑警们曾对树木隧道做过彻底的搜查，没发现设置机关的痕迹，也没有人捡到绳子之类的东西。

（这是为何？）

答案其实不难猜。

田岛爬到山崖下查看跌落的久松时，昌子是独自一人在山崖上的。这段时间足够她处理掉机关。还有当时她拎的布袋，装有三明治和海苔卷的布袋很轻松就能藏下一根绳子或者金属丝。

田岛关掉了幻灯机，可他不想起身拉开窗帘，任凭自己在昏暗的房间里暗自神伤。

7

次日，田岛再次去往圣迹樱之丘。他必须要去。

与前一日的阴天不同，今天是个响晴的好天气。但风吹得很冷。

三角山一如既往地寂静无声。

田岛的心情比昨天更沉重了一分。他钻入树木隧道，随着脚步传来枯叶发出的脆响。

杂乱丛生的树枝，仅供一人勉强通过的狭窄小路，终于让田岛意识到，这里不得不说是一处设置杀人机关的绝佳地点。想要穿过这条路，必须要用手不停地拨开挡在面前的繁茂枝叶。稍不留神，柔软的树枝就会弹回来。走在这里的人注意力被树枝分散，是没办法发现脚下机关的，与此同时，也没有足够的空间躲避飞射过来的短剑。

关键的问题是，究竟如何安放短剑，才能让它准确无误地射入人心脏的位置呢？需要以什么东西为参照布置机关呢？

这个疑问尚未解开，田岛又开始了下一项调查。

在树枝或者树干的某处，或许会找到绳子摩擦留下的痕迹。

田岛疲于拨开弹来弹去的树枝，细致地检查着茂密的杂树林。

有了！一根细却结实的树干上留有绳子勒过的痕迹。痕迹细微不易察觉，如果不是特意查看，根本不会发现。

田岛的这一发现不仅没有给他带来喜悦，反而令他更加绝望。杀害久松的人果然是昌子。不幸被课长和中村警部补言中了，看来那天的约会的确是昌子一手策划的。

田岛回忆起当时久松实一边流着血，一边踉跄着扑过来的情形。同时，久松表情痛苦地向田岛伸出双手求救的样子，也清晰地浮现在他的脑海中。求救的手——不，也许根本不是要向田岛求救的意思。久松当天是被昌子约到三角山的。久松本以为昌子会一个人来，可没想到还有田岛同行，于是偷偷跟在后边。这符合人性，因为久松本就是乐于打探别人隐私的那种人，性格十分阴暗。昌子一定是算计到久松会紧随其后，于是布置了机关。久松轻而易举地上钩了，可就在短剑刺入他胸口的一瞬间，他确切地意识到中了昌子设下的圈套。所以，这样想来，久松伸过来的手并非是在向田岛求助，而是要抓住田岛身边的昌子。

田岛出了树木隧道，来到久松跌落山崖的地方。这里与事发当时并无二致，大叶竹生长得依旧很繁茂。

田岛呆呆地看向山崖下。

就在此时，山崖下的大叶竹丛传来巨大的沙沙声，田岛吓了一大跳，不错眼地盯住那里。

只见大叶竹左右摇晃，突然露出一张男人的面孔。

中村警部补穿着半旧的雨衣出现在山崖下。

对方看到田岛也吃了一惊，转而笑了笑，慢慢爬回到山崖上。

"你既然来这儿，看来也相信山崎昌子是凶手了吧？"中村警部补一边抖落手上沾着的泥巴，一边看着田岛说，"她布置机关，杀害了久松。用涂了黑墨水的短剑当凶器，以及她的老家经常有熊出没，这两条信息结合起来才使我们发现了机关。再加上岩手县当地盛传的'狩猎人万三郎'的故事也给了我们启发。那是一个狩猎人用长矛刺杀熊的故事。这个案子里的短剑就相当于那个故事里的长矛。在故事里，狩猎人万三郎把熊赶到一条狭窄的灌木丛生的小路里，而她则把久松引入了这条树木隧道……"

"机关的事情我知道。"田岛声音干哑地说，"所以我才来到这儿。"

"既然如此，看来也不必再说什么了。这对你来说的确有些残忍，可……"

"我不需要同情。对了，您刚刚在山崖下做什么呢？"

"我在找稻草人。"

"稻草人？"

"对啊，稻草人。"中村警部补的脸上露出别有深意的笑容，看着田岛说，"据此前南多摩警察署的报告，案发前，这附近的农户家丢了一个稻草人。老实讲，当时觉得这事跟案子没什么关系，还觉得南多摩警察署汇报了一条毫无价值的线索。可如今看来，要是山崎昌子制作陷阱杀害久松，那稻草人被盗则有不一样的特殊意义了。可能你也发现了，短剑不偏不倚，正中久松胸前，为了完美实现这个效果，凶手事先势必要演练。演练用的靶子就是与真人身高大体相仿的稻草人。"

"所以，稻草人找到了吗？"

"找到了。"中村警部补很兴奋,"就在下边,只不过被大叶竹遮挡住了,而且在稻草人身上发现多处短剑刺入的痕迹。"

"……"

"还有一处遗漏的细节,也是南多摩警察署专程报告的,我们当时认为与案件无关,的确是没有认真研究就忽略了。那是事发两三天之后的事,这附近农户家的小孩子捡食了丢在地上的海苔卷,引起食物中毒。收到这条线索,我们本应该联想到山崎昌子当时手提的午餐袋子。"

"……"

"布置机关需要结实的麻绳或者橡皮筋,可南多摩警察署在现场搜证时没发现遗落的绳子。这是为什么呢?显然是被山崎昌子藏起来了。就藏在她拎的袋子里。可袋子如果被撑得太满,容易被你或南多摩警察署的刑警怀疑,所以她把袋子里的海苔卷扔掉了。案发后的两三天,是秋天里难得的连续晴暖天气,海苔卷被晒变质,所以孩子捡食后引发了食物中毒。"

"……"

"证据都收集齐了。很抱歉,我们必须要逮捕山崎昌子,她是久松实和田熊加奈被害案的犯罪嫌疑人。如果你妨碍执法,会被当作共犯逮捕。"

第十一章　A.B.C.

1

山崎昌子被捕了。

田岛亲自撰写了这篇报道。因为自己是社会部记者，又负责调查此次事件，所以报道只能由他来写。按照此前答应主任的，田岛的这篇报道相较于其他报社的报道更情深意切。毕竟被捕的凶手是他的女朋友，报道中可以融入一些只有他掌握的细节。

田岛如约写完了报道，交稿时对主任说："我想休息两三天。"

他的身体已经极度疲惫，精神更是快要垮掉了。

"没问题。"主任爽快地答应了，"你好好休息几天，把该忘的都忘了吧。"

如果能忘掉，田岛何尝不想。可是，人心岂是想控制就可以控制得住的呢？

田岛获得了三天的假期。

该如何利用这三天呢？换作是轻微的伤痛，喝点儿酒基本上也就排遣掉了，可深刻的伤痛，靠酒精是无法治愈的。

田岛想到了旅行。随便去一个很远的地方，无所事事地待上三天。

他去银行把六万多日元的存款全部取了出来。他讨厌存钱，像他这种人，这点儿仅有的存款还是梦想着跟昌子结婚而准备的。这么说或许有些奇怪，是梦想让他变得实际的。可如今，昌子身处他再也无法企及之处，还要这些存款有何用？

田岛想要去距离东京最远的地方。北海道是个不错的选择，于是田岛买了一张晚6点05分从东京到札幌的机票。

四引擎的喷气式飞机仅用了一个小时就把田岛带到了札幌。

札幌已经下雪了。从机场乘上出租车，田岛对司机说："我想去一个安静、没人打扰的地方。"可司机却把他拉到了很商业化的定山溪温泉。田岛本想去找一家既没有电视，也没有报纸的偏僻的温泉酒店，可下车后，他已经没有力气去找理想中的温泉了。

这是一家钢筋混凝土造的大型酒店。引导田岛去房间的女服务员骄傲地介绍说，每个房间都配有电视机和立体声音响，对于此处不逊色于东京一流酒店她似乎感到非常得意，田岛表情不禁变得十分痛苦。

待服务员一离开，田岛马上把电视盖起来。

洗过澡，田岛立刻倒在了床上。他的身体十分疲劳，可怎么也睡不着。

田岛的脑海中浮现出许多事情。

他想到了第一次抱昌子的情形。记得当时她说："我好害怕会失去你。"可能那时她已经有被捕的思想准备了吧。

田岛并不恨昌子。即使如今得知 11 月 15 日那天的郊游是她一手策划的，还是无法恨她。他的心中只有痛苦。

怎么都睡不着，田岛只好躺在床上一支接一支地抽烟。

时间不知不觉地流逝，天边已露出曙光。窗外的夜色散去，晨光熹微。雪还在下着。

田岛听到房门外传来轻微的声响，是女服务员来送早报。明明不想看新闻的，可田岛还是条件反射般下了床。

昨天的晚报应该登了昌子被捕的消息，那篇报道正是出自田岛之手。对于昌子杀害久松和田熊加奈的动机，田岛在报道中缄口未提。

昌子自己会怎么供述呢？

田岛站在原地翻开了报纸。报纸的上缘有些湿了，可能是配送员冒雪配送的关系吧。这是一份北海道版的《日东新闻》。

翻到社会新闻的版面，一个巨大的标题猛然跃入眼帘——《山崎昌子供述杀人动机》。田岛的表情凝固了。

田岛做好思想准备后开始仔细阅读那篇报道，本以为无论看到什么样的内容自己都不会过于惊讶，可真正读到标题下边的正文后，田岛的脸色逐渐变得铁青。

2

我被久松实的外貌和他放荡不羁的魅力迷住，跟他发生了男女关系。本以为他会娶我，可久松根本没有这个打算。我没有分手的勇气，就一直拖着跟他保持着关系。那段时间，一个很好的男人出现了。当时我早已厌倦了与久松不明不白的牵扯，想要跟那个男人结婚。但是心里很害怕被他知道我跟久松的关系，所以我给了久松二十万日元，拜托他保守我们两个人之间的秘密，相当于是给他的封口费。可当我跟久松摊牌后，他却不肯对我放手了。这样下去，我跟那个男人是没办法结婚的，所以动了杀死久松的念头。之所以会杀掉公寓的管理员，是因为我去找久松时不巧被她看到了。

这是昌子的供述。文后登载了搜查一课课长的访谈。

这是一起典型的情感犯罪。与偶然认识的中年男人发生关系，之后遇到新的恋爱对象，就急于用钱封住上一个男人的口，被拒绝后草率地决定杀人灭口。

这么说可能显得有些不近人情，但她这种人不值得同

情。总之，这是一起影响恶劣的案件。

（她在说谎……）

田岛马上意识到。都是谎言，真相不是这样的。昌子的供述都是编造的。如果不是警察诱供的话，那一定是昌子在说谎。

田岛比任何人都确定这份供词是假的。那个晚上，田岛第一次把昌子揽入怀里时她的反应，绝对不是与男人发生过关系的女人会有的。这种事情不能仅用落红的床单来判断，她那因害羞而颤抖的身体给他带来的肌肤触感使他坚信她是纯洁的。

其实，不论昌子与久松之间是什么关系，田岛都有心理准备。即使说昌子从久松那里获取毒品，她是一个瘾君子，田岛都能做到不惊讶，并且有自信会原谅她。可是，报道里说昌子和久松之间是有"爱情"的，这令他忍无可忍。她爱的只能是田岛，不可能是其他男人。

田岛立即让前来送早饭的女服务员为自己叫台车。

"您是想去洞爷湖之类的景点吗？这样的雪天，公共交通都停运了……"女服务员说。

"不去！"田岛大声说，"我要回东京！我记得有一班9点40分起飞的航班吧？"

"是的，有这一班。"女服务员一头雾水。

田岛基本没动送来的早餐，急忙开始收拾返程的行李。

雪，依然未停。

3

上了飞机田岛就睡着了。

他做了个噩梦，梦到昌子被卷入一团黑暗之中。田岛在后边想要追上她，可有人在身后死死地抓住了他的肩膀，让他动弹不得。

醒来才发现，原来是空乘人员在用纤细的手指轻拍着他的肩膀。

"您醒了吗？"空乘微笑着说，"我们的飞机马上就要着陆了，请您系好安全带。"

田岛按要求系好了安全带。

飞机开始下降。窗外，东京的上空一片清冷。

田岛从机场直奔警视厅。他要找搜查一课的课长，详细询问昌子的供述究竟是怎么回事。

到了后发现课长不在办公室，田岛只能去见中村警部补。

"你不是在休假吗？"中村警部补好奇地打量着田岛，"我其实也觉得你是有必要好好休个假的……"

"我确实休假了。昨天坐飞机去的札幌。"

"那为什么不在北海道好好放松一下呢？换作我的话，我肯定好好歇着。"

"实在没办法。关于昌子杀人动机的供述，那篇报道里说的都是真的吗？"

"是真的。跟我们的判断不谋而合，所以案子了结得很完美。当然了，我们可没诱供啊，都是她自己主动说的。"

"她自己说跟久松发生过男女关系？"

"是的。我知道，这件事对你来说是很大的打击，可我相信山崎昌子的供述是真实的。因为至今未发现其他的作案动机。我曾去过她的出生地——位于岩手县的 K 村。可经过一番走访了解到，久松没在那个地方出现过，村公所和当地派出所我都去了，他们没听说过久松这个人。也就是说，久松用来勒索的秘密不在岩手县。这样的话，秘密可能在东京，不过我们在东京也没找到什么有用的信息。其实找不到是必然的，因为勒索的秘密就在久松和昌子两个人自己身上。简单来说，这次的案件就是为了清理三角关系引发的一场女性悲剧。"

"不是这样的。"

"什么不是这样的？"

"昌子说跟久松发生过男女关系，是谎话。"

"你的心情我十分理解，可是……"

"不，我不是从个人情感角度出发才这么说的。我知道他们两个人之间的确没发生过肉体关系。"

"你……知道？"中村警部补疑惑地歪了歪头，"你是怎么知道的？"

"我就是知道！"田岛十分坚持，重复着这句话，"昌子她在说谎，一定有别的杀人动机。"

"你这么说的话，可让人为难了呀。首先，这是她自己主动供述的，其次，我们认为她的供词不存在疑点。"

"她绝不是那种会因为这种事情杀人的女人。如果真是那样的话，那昌子不就是彻头彻尾的坏人了吗？一定有其他的原因，请你们调查清楚！"

"请你不要无理取闹。"中村警部补直了直身子，正色道，"我们无法因为你私人的要求重新调查。案子已经了结了，我们这边的工作到此为止，接下来会移交至检方。"

"可是，这里有问题。案子并没完全了结，难道不是吗？昌子跟'天使'到底有什么关系，你们弄清楚了吗？"

"她自己说不知道'天使'是怎么回事。不过我们警方的分析是，在久松看来，只有山崎昌子能在真正意义上匹配'天使'这个词。我们认为这个理由很充分。"

听中村警部补这么一说，田岛回忆起田熊加奈说过的话。她曾提到，之前有一个年轻的姑娘来找过久松，田熊当时劝久松说"你怎么忍心欺负那样一个天使般的人呢"。田熊加奈看到的那个姑娘可能就是昌子。田熊加奈眼中天使般的姑娘，或许在久松眼中也是一样的吧，这说得通。中村警部补的话或许有道理，这让田岛有些丧气。

"可是……"田岛依旧不肯放弃，"那个天青色的信封呢，底片里的女人是谁，这个事情查清了吗？"

"没有。不过，任何一桩案子都有它无法解开的部分。这个没解开的地方最终有可能被证实本就与案件无关。那张底片我认为就属于此类情况。"

"能证明底片的确跟这个案子毫无关系吗？"

"现在没办法证明。不过，真正的凶手已经被逮捕归案，可以判定信封里的底片与本案无关。"

"能把那张照片借我用一下吗？"

"你想干什么？"

"我想自己去调查。要弄清楚昌子究竟为什么说谎。"

"好吧，毕竟咱们有言在先，答应过借你的。不过只能借你照片，不能借底片。"

中村警部补从抽屉里拿出那张四开的照片，放到田岛面前。

"你打算怎么做我不管，可我个人认为都是徒劳的。"中村警部补用劝告的口气说，"即使如你所言，有其他的动机，可还是无法改变山崎昌子杀了久松实和田熊加奈这一事实。"

"我明白。"田岛声音嘶哑，他把照片塞进衣服口袋，站起身，"虽然明白是徒劳的，我也要给自己一个交代。"

4

出了办公室，田岛感到轻微眩晕。可能是昨天一夜未合眼的缘故吧。田岛用力揉了揉眼睛，点燃一支烟，步出警视厅。

室外满是干爽的冬日阳光。日光清澈且柔和，可对于疲惫不堪的田岛来说却显得格外刺眼。

走到护城河边，田岛停下脚步。接下来该去哪儿呢？他不知道。现如今去问谁才能了解这个案子的真相呢？

他想直接去找昌子，当面问她为什么要说谎。可现在警察是不会让田岛见她的，何况即使见到她，昌子也未必肯据实相告。

田岛站在原地，掏出了口袋里的照片。阳光照在上边形成反光，很难看清，自己又是站在警视厅的门前，实在无法静心细看。

于是，田岛去了有乐町，来到一家位于日东报社后身的咖啡馆。这家店到了傍晚客人会爆满，现在是下午1点钟，店里没什么客人。田岛找张桌子坐下，点了杯黑咖，再次拿出照片放到桌子上。

没有证据指明这张照片跟本案有关，是否跟昌子有关也不得而知。眼下没有其他能查的东西，从这张照片入手不失为一个好的选择。田岛反复端详，在照片里实在看不出什么线索。

警方已经证实，照片中的女人既不是死去的片冈有木子，也不是酒吧的妈妈桑绢川文代。当然，也不是昌子。是一个田岛没见过的女人。

田岛把目光转移到照片中的建筑上。

看上去是一处郊区的建筑，具体地点无法判断。可能在京郊，也可能在别处。建筑本身像是医院或学校，可以看出规模不小，但门旁的字模模糊糊的无法辨认。

照片的右侧是起伏的山脉，应该不高，田岛不清楚这是哪里的山。照片中，勉强能称得上线索的，恐怕只有这山了。

如果让登山爱好者辨认的话，或许能看出山在哪里。

田岛管店家借用电话，打给社会部的同事立花。

"你怎么回来了？"立花接起电话惊讶地问，"我本以为这个时候，你指不定在哪个温泉优哉游哉呢。"

"有点儿事就回来了。要对主任保密啊。"

"明白。话说，你找我什么事？"

"想请教些问题。我在单位后身的咖啡馆，能过来一趟吗？"

"行，我马上过去。"立花爽快地答应了。

大约过了五分钟，立花推门走了进来。他身量矮小，却很结实，或许是因为他在学生时代就是登山部成员的缘故吧。

"能看出这是哪里的山吗？"田岛把照片拿给立花看。

"让我看看。"立花皱着眉头盯着照片，"这山不高啊，也就五六百米，不过确实看不出是在哪里。像这种山随处可见。"

"你这位登山专家也看不出来啊……"田岛有些失望。

"我可不是什么专家。"立花笑着说，"让真正的专家看的话，或许能知道。"

"登山协会的人吗？"

"不是，那帮人，你要是问他们阿尔卑斯山啦，或者喜马拉雅山啦，兴许能说出个一二，像这种不知名的山恐怕就难了。你不如去问植村裕一先生。"

"植村裕一？"

"专门拍摄山脉和高原的，一位知名摄影家。如果问他的话，有可能知道。"

"他住哪儿？"

"神奈川县的平冢市。从车站出来一眼就能看到，他住在一个很特别的圆形房子里。你要去吗？"

"嗯。"田岛点了点头。

5

在平冢站下了车，田岛来到站前的香烟店打听植村裕一的家，店家马上指给了他。看来在这里，植村先生是个名人。

正如立花所言，植村裕一的家是一栋圆柱形的玻璃外墙建筑。

所幸，植村此时在家。他是一位满头白发、慈眉善目的绅士，很客气地把田岛请进了这栋玻璃工作室。这里正对着终年积雪的富士山，真不愧是专业山川摄影家的工作室。

植村对田岛说自己就是在这儿每天与富士山对坐相望的，据他的观察，富士山在一天中的不同时段会有不同的表情。

田岛把带的照片拿出来。植村凝神看了看照片后说："山很低矮啊。"

"您能看出来这是哪里吗？"

"容我慢慢想想。"

植村微笑着，把目光从照片上移开，缓缓地拿起烟斗点燃。或许是因为终日与静默的山脉和高原打交道，造就了他沉稳的个性。

"看起来像东京近郊的山。"隔了一会儿，植村开口道，"我此前在东京住过一段时间，那时常去武藏野拍照，记得见过差不多的山。"

"武藏野啊……"田岛口中嘟哝着，突然想起什么似的瞪大了双眼。久松遇害的三角山也属于武藏野一带。

植村从里屋拿出来几本相册，从中挑出封皮上用白色油墨写有"武藏野"三个字的相册翻起来。

"请看这张。"植村指着其中一张照片让田岛看。

那是一张逆光拍摄的草原的照片。草尖仿佛闪耀着白光。

背景是一道山脉的线条，的确跟田岛拿来的照片中的山脉很相似。

"可能是同一道山脉。"植村平静地说。

"您是在哪里拍的这张照片？"

听田岛这样问，植村把照片抽出来，翻到背面。照片背面有一行钢笔字"拍摄于百草园附近"。

"我想，或许你带来的那张照片也是在百草园附近拍的。"植村依旧笑容温和地说。

"百草园？"田岛忽然表情变得紧张。

在京王线上，圣迹樱之丘的下一站就是百草园。

（这张照片也许跟此案有关系。）

6

第二天，田岛再次乘上京王线，去往三角山方向。顺着三角山往里走，就是百草园。他想，如果登到山顶，或许能看到照片中的建筑。

这是田岛第三次来这里，可此前都没登到过山顶，只登到久松实跌落山崖的地方之后便返回了。

田岛沿着已经被踩出来的旧道爬上山顶。

天有些阴，视野不佳，近处的山脉一片灰蒙蒙的，的确与照片中山脉的起伏很相似，但是并不清晰。可能瞭望的角度跟拍摄照片的角度不同吧。

田岛把视线收回近处。

眼前有一片新建的住宅区，房顶有蓝色、红色……看上去五光十色的，很气派。

目之所及处有荒芜的农田、一片黑黢黢的杂树林，还有百草园的庭院。不过没找到照片中的建筑在哪里。

田岛沿着去百草园的方向下了山。

穿过山脚下的一条涓涓溪流，眼前是在山顶看到的那片杂树林，丛生的林木间有一条褪成红褐色的路向西蜿蜒。路边竖着路牌，上边写有"柚木村"。

沿着道路走差不多十分钟，右手边出现一所学校。田岛来到门前，看到校门口写着"柚木中学"。

（是照片中的门吗？）

田岛把照片拿出来对比看，可惜不是。门的形状不同。

他注意到学校旁边是村公所，于是走了过去。柚木村的村公所是一幢崭新的二层小楼。田岛来到楼里，让迎面碰到的女性工作人员看了照片。

姑娘看上去像是本地人，看了一会儿照片后，低声说："会不会是多摩疗养院啊？"

"多摩疗养院？"

"这附近的一家医院。"她肯定地说，然后又像是对自己一个人的眼光不太自信似的，转向旁边的男青年确认，"能帮我看一下吗？"

男青年停下拨弄算盘的粗笨手指，慢吞吞地站起身，走到姑娘的身旁看了看照片。

"这就是多摩疗养院。"他说，"我每天都在门前路过，所以很确定。"

"位置在哪儿？"田岛像是在比较似的看了看对面这两个人。

男青年看着田岛说："沿着村公所前面的这条路一直往前走，就在你的左手边。步行大概十分钟的样子吧。"

7

田岛按男青年所指的路走了一会儿，左侧出现了一片低矮的围墙。

沿着围墙继续向前走，田岛来到了一座门前。眼前正是照片中的那个门，向远处望去就能看到照片中的那片山脉。根据地图所绘，这是由城山、高尾、小佛三座山连成的平均海拔五百多米的山脉。

挂在门上的门牌破旧不堪，不靠近根本看不清。田岛走近些，辨认出上边的字是"多摩疗养院"。

根据名称和疗养院所处的位置，田岛分析这里可能是一处结核病的疗养院。如果分析得没错，疗养院里可是有相当多能被称为"白衣天使"的"天使"呢。

田岛穿过大门，来到满是灰尘的庭院。院子里修有一处花坛，可时值冬日未见花草，庭院面积很大更加重了荒凉之感。

院子里没有人影，从山上吹下阵阵寒风。这样寒冷的天气，想必患者和护士都在病房里吧。

在院子里站了一会儿，田岛已冻得浑身发抖，他一边呼着白气一边向写有"传达室"字样的小窗口走去，敲了敲玻璃窗。里边一个年轻男子正在火炉边烤火，看到田岛后站起身，打开窗户，问了句："有什么事吗？"

田岛掏出名片自我介绍后，表示想见这里的负责人。

男子像是没听到田岛说什么，看了眼名片，眼皮都不抬一下地问："要采访？"

"不是，私人的事情，前来拜访。"

田岛话音刚落，男子抬起头说了句："这样啊，恐怕是白跑一趟了，不过想见的话你去试试吧。"

"白跑一趟？"

"现在没有床位了……"男子解释道。看来他误解田岛的意思了。许是他听田岛说因私事拜访，便误以为田岛是为了家人住院的事情来拜托院长的吧。田岛懒得解释，没再说什么。

男子在前边为田岛引路，穿过连廊来到另一栋楼里，他们上到二楼，走廊的尽头有一扇门上挂着"院长室"的牌子。

男子先进了屋，不一会儿，他出来对田岛说："院长说可以见你。"

院长办公室是一间六张榻榻米大小的房间。一个四十多岁的男子坐在旋转椅上，对进门来的田岛点头致意，并请他坐下。

他上身西服外边套着一件白色的和服外褂，身量不高，长得其貌不扬。

"我是这家疗养院的负责人村上。"男子说着，眼镜后边的眼睛里露出藏不住的笑意，"请问您有何贵干？"

"想请您帮忙看一下这张照片。"田岛拿出照片，递到他面前。

村上把照片举远看了看。"这是我们疗养院的正门啊。"村上平静地说，"是您拍摄的吗？"

"不是。是这样，我想了解的是照片中的那位女子，她是您这儿的工作人员吗？"

"我们这儿的工作人员？"

"是啊，您这儿有很多护士吧？"

"嗯，的确，我们这儿有二十多位护士。"

"不是其中的一位吗？"

"这个嘛，"村上院长摇了摇头，"单从背影很难判断啊。"

"有没有别的办法呢？"

"您是一定要确认吗？"

"拜托您了，这对我来说很重要。"

"护士长或许能认出来，我请她过来问问看。"

村上院长爽快地说完，用内线电话叫来了护士长。

护士长是一位长着瓜子脸、看上去很严厉的女士，年龄四十岁左右。她进到院长办公室后站着问院长："有事吗？"

村上院长把照片拿给护士长问："照片中的人是我们这儿的护士吗？"

护士长没有立即回答，不发一言盯着照片。田岛观察她的表情，发现她流露出一丝不易察觉的不安神情，田岛觉得自己可能是想多了。

"不是我们这儿的护士。"护士长回答说。

"您手下有二十多人，从背影马上能辨认出不是吗？"

听到田岛的质疑，护士长瞪了他一眼。"这点儿事我都看不出来的话，也别当这个护士长了。最关键的是，照片中的人是盘发，我们这里的护士没人盘发。还有别的事吗？"

"没有了。"

院长说完，护士长向二人点头告辞，退出了房间。

8

田岛不清楚护士长说的是否属实，不排除她在说谎，可他不能要求逐个看一遍院里的所有护士。

如果护士长所言不虚，那么照片中的女子只能是来探望住院病人的家属。既然照片中的女人不是护士的话，跟"天使"会是什么关系呢？

"结核病患者的家属是随时可以来探病的吗？"田岛询问道。

听闻此言村上院长突然一愣，随后反问："跟结核病有什么关系？"

这次换成田岛不知所措。原来，是他弄错了，单凭"疗养院"这三个字，外加是建在郊区的医院，他就简单地判定这是一所结核病的疗养院。

"您是把这儿当成结核病的疗养院，所以才来的吗？"村上院长吃惊地瞪大了眼睛看着田岛。

"所以，不是吗？"

"当然不是。我们这儿是残疾儿童的收容所。"

"只收留儿童？"

"嗯，收留上学前的幼儿。"

"残疾指的是手或脚有问题？"

"嗯，就是人们常说的小儿麻痹症患儿。最近又收治了六名阿尔德林患儿。"

"阿尔德林？"这个词田岛印象中听过。

（就是那款安眠药。）

杀害田熊加奈时使用的安眠药正是这个阿尔德林。

"孕妇如果服用那款安眠药，会导致胎儿畸形……"

"但无损婴儿的心智哟。"院长斩钉截铁地说,"只有手臂会出问题,孩子们智力和精神都很正常。而且我们有信心,可以用医学手段治愈他们手臂的问题。"

"关于那几名阿尔德林畸形儿……"

"通常我们不希望使用'畸形儿'这个词称呼他们。"村上院长温和地制止田岛的表达,"我们认为,这些孩子是神赐的,所以称他们为'天使之子',或者'天使宝贝'。"

"天使?"田岛不禁大声地脱口而出。

9

"很奇怪吗?"院长用责备的目光盯着田岛,"难道你想说,这些孩子是'恶魔之子'吗?"

"不是的。"田岛慌忙解释,"我之所以吃惊完全是因为别的事情。其实,我在调查一起案子,案情里涉及'天使'这个词,在您这儿竟然听到了同样的词,于是吃了一惊。"

"什么案子?"

"是一起杀人案。"

"那就跟我的这些孩子们没关系了,这些孩子都是真正的天使。"

"我想表达的不是他们与案子有关。"田岛嘴上这样说,可在心里的某处却想着相反的事情。田岛回忆起自己在天青色信封上看到的用红色铅笔写的字母。他认为这些字母的意思现下能解得开了。

A 代表 Angel（天使），B 代表 Baby（宝贝）。

一定是这样的。最后还差一个 C 没有解开，或许是指代某一个孩子的名字。

"那些孩子现在生活得怎么样？"

"你是以报社记者的身份问的吗？"

"不，我个人想了解。当然，我不会写进报道。"

"要是能如实写的话，其实有很多希望你报道的事情呢。"院长说，"许多事情单凭我们的一己之力无法实现，尤其一想到孩子们的未来，我就寝食难安。那些孩子马上就四岁了，他们每天都在成长，很快就会长大成人。当他们成人后初入社会，人们会以什么样的心态接纳他们，这让我分外忧心。记得有一个美国人曾说，每个人都有可能成为总统，所以即使是一位擦鞋匠的孩子我们也不能小看他。我真的希望等到这些孩子长大后，社会能变得更包容，让他们甚至可以有机会成为内阁总理大臣，成为公司的社长。"

"现在您这儿有六个这样的孩子是吗？"

"嗯。"

"能告诉我这些孩子的名字吗？"

"很遗憾，无法告知。"

"可是……"

"这个社会还没发展到可以把这些事情名正言顺地说出来的程度，而且孩子们的家长也要求对自己的名字保密。所以，我实在不能告诉你。"村上院长声音低沉地说。

田岛不便再问，只得放弃，出了院长办公室。来到走廊上，田岛却突然改变了心意。

无论如何要把最后一个字母 C 代表的含义给解开。

下到连廊，田岛没有往出口走，而是去了相反方向。

听到另一栋房子有说话声后，田岛放轻脚步，慢慢靠了过去。那是一间有玻璃窗的小房间。房间的角落里，火炉烧得红通通的。里边有六个孩子和三名年轻的护士，孩子们正在吃午饭。不知不觉，已经到午饭时间了。

田岛站在走廊上，看着屋里的孩子们。

他还是第一次见到阿尔德林患儿。他们长着一张张惹人怜爱的脸，跟正常的孩子看上去没什么不同，他们中既有古灵精怪的大眼睛男孩儿，也有聪明伶俐的小女孩儿。

与正常孩子唯一的不同是他们的手臂。

孩子们的衣袖都被挽到肩膀处，否则他们短小的手臂无法从袖口伸出。即便如此，他们也只能在护士们的帮助下吃饭。

其中一个孩子发现了田岛的身影，突然跌跌撞撞地朝窗户这边走过来。这是个男孩儿。可能是为了保护短小的手臂吧，他的走路姿势比普通的孩子显得笨拙，许是害怕跌倒。

"tikara！"护士喊着追了过来，一把抱起那个男孩儿。与其说她是护士，不如说她更像是保姆。

护士发现了站在走廊上的田岛，眼神犀利地瞪着他。她把窗户打开，责备似的质问："你是谁？"

田岛根本没在听她说什么，不，是压根儿没听到她的话。因为他正出神地盯着她怀中的那个男孩儿的脸。

男孩儿长着一双大大的眼睛，看起来十分聪明。可田岛出神不是因为这个，而是那孩子长得实在太像昌子了。

第十二章

案件的核心

1

当晚，田岛乘上去往盛冈方向的列车。这是昌子在列车时刻表中特意用红笔圈出来的那趟，晚上 10 点 18 分上野发车终到盛冈的"北星号"特快列车。

过检票口时，田岛遇到了一群背着滑雪板的年轻人，本来还担心车里可能会比较吵，好在他们是其他车厢的。

田岛终于能在安静的车厢内专注于自己的思考了。

在多摩疗养院受到的震撼，此刻尚未在他心里散去。不过现在他已经可以平静地思考这件事情了。

年轻的护士管那个男孩儿叫"tikara"，发音对应的是什么字，田岛不得而知，是"力"字，还是"主税"？其实是什么字并不重要，重要的是这个名字本身，用罗马字拼写的话是"tikara"。久松是中年人，或许他那个时代学的是黑本式罗马字拼写法^①，这个发音如果用黑本式拼的话，"tikara"则须写成

---

① 在日本曾有过多种用罗马字母为日语发音进行标注的方法。由美国传教士、医生黑本设计的拼写方法，叫作黑本式罗马字拼写法。

"chikara"。这样一来，就跟最后一个未解开的 C 对应上了。

天青色信封上写的"A.B.C."指的一定是疗养院里那个可爱的大眼睛男孩儿。

那孩子跟昌子长得真像，但不会是昌子所生。除了田岛以外，昌子应该没碰过其他男人。田岛在脑海中不断筛选，最后仅剩一个女人的身影——住在岩手县的昌子的亲姐姐。田岛虽没见过她，可既然二人是亲姐妹，相貌定会十分相似，姐姐的孩子长得像昌子，是说得通的。

田岛拿出照片来细看，确定照片中的和服女子就是昌子的姐姐。她年纪三十多岁，跟照片中的女子年纪吻合；她因为嫁到东北的地主家，应该有很多需要穿和服的场合，所以看上去是穿惯和服的样子。这些都对得上。

田岛有一种感觉，这个案子的真相在迷蒙的混沌中逐渐清晰起来。可事情真如田岛猜测的那样吗？想要确定，势必要去趟岩手县，找昌子姐姐当面一问究竟。

列车刚一驶过黑矶市，车窗外飘起了雪花。田岛看着夜色中一道道白色的线条划过，心想，今天已经是 12 月 1 日，报社给的假期仅剩一天。距离事件发生已经过去半个月了。

田岛在盛冈站换乘山田线，等他在 K 站下车时已经是第二天上午 10 点 40 分。

此刻雪不再下，天空也已放晴，车站的屋顶、周围的农田和杂树林都披上了一层白色。积雪大概有二十厘米厚，田岛暗自庆幸穿了双长筒胶靴。

向车站工作人员问过路后，田岛朝着 K 村的方向走去。地上的雪冻住了，路有些滑，除此以外不算难走。

路上田岛遇到一个农夫拉着一辆板车，车上坐着个孩子，孩子穿的毛衣下边卷了上去，露出肚脐。这个样子他不冷吗？田岛心里这样想着。

右手边就是村公所了。

田岛推门进到略显昏暗的村公所办公楼，看到里边有一个背着婴儿的农妇，正拿着一张很大的纸向女办事员问："俺该咋写啊？"好像在询问如何填申请表之类的事情。回答的女办事员也是满口东北方言，字句里带有很多的浊音。

火炉旁有两个年轻男子，一边伸手烤着火一边在大声聊天。

"俺这样的，当不了女婿啊。"其中一个人说，"不说别的，像俺这样的人，就不适合当女婿。"

"嗯呢，可不咋的。你这样的谁家能要啊。"

田岛仔细听着，开始没听懂"女婿"这个词，后来才听明白，这两位想必在聊年轻人热衷的结婚话题。

田岛开口打了声招呼，两个人似乎吓了一跳，瞪大了眼睛看着他。

田岛递上印着报社名头的名片，两个人同时发出了"啊"的惊讶声。

"请问您来这儿有什么事？"那个高个子的男子问。遣词跟刚才聊天时完全不同，虽然还有些地方口音，可对田岛说的是普通话。田岛惊讶于他语言转换如此流畅，而且对方的面部表情竟然也跟着变得郑重其事起来。

"山崎昌子的姐姐是住在这儿吧？"田岛开口询问。

对方点点头："她叫时枝。五年前嫁给了地主沼泽为妻。"

"他们夫妇二人有孩子吗？"

"有的，生了一个可爱的宝宝。"

"孩子现在在家吗？"

"应该在的。昨天还看到孩子的奶奶抱着玩呢。"

"是男孩儿？"

"不，是女孩儿。印象中应该有两岁了。"

"不是还有一个男孩儿吗？大概四岁的样子，现在可能不在家吧。"

"还有一个？"对方一时摸不着头脑，随后微微一笑，"啊，我想你弄错了。"

"弄错了？"

"四年前他们的确生了一个孩子，不过没活下来，好像夭折了……"

"没活下来？"田岛有些诧异。难道他在多摩疗养院看到的男孩儿不是昌子姐姐的孩子吗？

"真的夭折了吗？"

"真的。死亡证明都下达了。"

"是医生出具的死亡证明吗？"

"我们这地方没有医生，是由保健护士负责开具死亡证明，拿着死亡证明到政府办事处开丧葬许可证。大概是这样的规则流程。"

"确认过是真的夭折了吗？"

"不需要确认，死亡证明不是都开出来了吗？这样就符合规则了。"年轻人不紧不慢地说。

证明一个人死亡的手续竟那么简单吗？这让田岛感到很意外，他本以为在政府办事处办理这类手续是极为烦琐的。田岛很好奇这种便捷的流程是否仅限于农村，刚才听那个青年一直在说规则之类的，看来，只要有死亡证明，不论是哪里的医生开具的，都可以很轻易换来丧葬许可证。

看来，没人确认过那孩子是否真的死亡。

（如果，那份死亡证明是伪造的话……）

这足可以成为勒索的理由。久松会不会凭此为要挟进行勒索呢？

（可是，中村警部补说久松没在 K 村出现过。他也把久松的照片拿给村公所的人看了，没人认得久松。）

那么问题来了，久松身在东京，怎么拿到用来勒索的素材呢？

田岛觉得很奇怪。不过，仔细想想，久松即使不亲自过来，也可以通过写信知晓关于孩子生死的事情。

"此前有没有过从东京寄来的信，专门打听沼泽家事情的？"

听田岛这样问，青年不假思索地点点头。

"你倒提醒我了，确实有过一次。有封来信详细询问过关于沼泽夫妇孩子的事情。"

"寄信人是谁？"

"记得是一个什么周刊之类的杂志社。"

"是周刊真实社吗？"

"啊，对，就是那家杂志社。"

"原来如此。"田岛点点头。

果然是久松啊。他用的是周刊真实社的名号，难怪中村警部补来调查时，提久松的名字问不出个所以然。既然那张照片是用来勒索的，就证明四年前的死亡证明有问题。

田岛打听到那个开具死亡证明的保健护士家的住址，道了谢。两个男青年转过身，回到了属于他们的世界接着聊天。

"你小子是不买了一台贼像样的大电视啊。"

"就俺家没有的话，多没面子啊。"

2

田岛一边朝位于神社附近的保健护士家的方向走着，一边回忆刚才村公所里那两个年轻人的态度。他们如此迅速地转变遣词是为了照顾田岛的语言习惯，还是出于对外地人的戒备心？不论是出于哪种考虑，不能否认的是，这都是在提醒田岛，对于这个村子而言他是一个外来者。

神社很容易找，入口处的牌楼修得十分气派醒目，可神社主体却是一间矮小的茅草屋。牌楼和神社的屋顶都覆着厚厚的一层雪。保健护士的家就在神社后身。

那是一间普通的农村民居，屋檐修得很长，走上昏暗的玄关，可以看到门柱上挂着写有"战死者之家"几个字的门牌。这在东京很难见到。

田岛向屋里叫门，不一会儿，出来一个四十五六岁的女人。女人脸上满是皱纹，皮肤被晒得黝黑。田岛说自己是从东京来的，那女人有些吃惊地微微张了张口，说了句"请进吧"。

田岛于是被请到客厅。

田岛不太清楚，像她这种保健护士，在这样的小山村里是个什么地位。差不多也能相当于知识分子了吧。女子很健谈，滔滔不绝说了她作为保健护士的工作，可当田岛提到沼泽家的事情时，她突然三缄其口，不再说了。

此后不论田岛如何追问，她一概不回答。明明看起来很面善，没想到她却像木头疙瘩似的固执，不为所动。

"我只想了解一件事，四年前沼泽时枝产子夭折的事情，是真的吗？"田岛不肯放弃，"我并非要找她的麻烦，更不会去跟警察说，只是有些个人原因，需要知道真相。"

她的表情仍旧毫无变化，对田岛说的话既不肯定又不否定，始终沉默不语。

持久的沉默带来的沉重气氛，让田岛率先告饶了。

田岛不再追问，离开了保健护士的家。他有些难以释怀。恐怕见到昌子的姐姐，这种情绪还会加倍。可现在他已经没办法回头了。

沼泽家是当地的富户，成排的榉树环绕着巨大的宅邸。

进到庭院，田岛看到外走廊附近站着一个女子，正带着孩子玩耍。女子看上去三十多岁，身着和服。看到这个背影的瞬间，田岛确定了一件事：她就是照片中的女子。

田岛往院里刚走几步，拴在院子角落的狗狂叫起来。听到狗的叫声，那女子转过身来。她长得太像昌子了，而且跟那个叫作"tikara"的男孩儿也极为神似。

田岛把掏出来的名片收了回去，介绍说："我叫田岛，是昌子小姐在东京的好朋友。"

"昌子？……"机械地反问后，女子看上去有些心虚，身体僵硬在原地。就在此时，她怀里抱着的小女孩儿突然哭了起来，于是她一边哄着孩子一边小声对田岛说："您请进吧。"

田岛被请进了里边的房间。室内装修得十分堂皇，却有些晦暗。

二人对向而坐，这时田岛留意到她的左手缺了两根手指。

"您就是时枝女士吧？"田岛礼貌地询问，见对方点头表示肯定，他接着说，"今天是因为令妹的事情前来拜访。"

时枝的脸色变得铁青，可是未发一言。

田岛接着刚才的话说："昌子小姐作为杀害久松实的凶手被警方逮捕了。当然了，这件事想必您已有耳闻。她在供词里提到是为了结束跟久松的关系才杀人的，可这是在说谎。没人比我了解她，昌子小姐不是那种女人，所以我想要查个究竟。我这边还得到了这样一张照片。"

田岛把带来的照片放到时枝面前。她看了一眼后，迅速将视线从照片上移开。

"照片中的女子，就是您吧？"田岛追问。

时枝没有回答，缄口不言。田岛渐渐变得有些焦躁。

"就是你！"田岛语气强硬地说，"四年前，你生下一个男婴。孩子出生后发现是阿尔德林畸形儿，所以你让保健护士开具了死亡证明，当作夭折处理了。可那个被认为夭折了的孩子，其实是被送到了多摩疗养院。想必送他去东京多摩疗养院的人就是昌子小姐吧？现在终于弄清昌子当时为什么要突然去东京了。"

"……"

"然而，你作为孩子的母亲势必十分担心他，所以常会偷偷去东京看望。很不走运，你去探望时被久松拍下了照片。眼前的就是那张照片吧？"

"……"

"久松发现了这个秘密，进而威胁你。昌子小姐知道后，想帮你解决这个麻烦，对吧？昌子小姐曾对我说过，你救过她的命。今天看到你的手指，我大概明白是怎么一回事了。一定是在她遭受熊之类的猛兽袭击时，你救了她。"

"……"

"所以，这次换昌子来帮你。她替你交给久松二十万日元。在上野汇出那笔钱之后，她去了久松的公寓，想要回那张底片。可是久松尝到了甜头，怎么肯乖乖交出底片。只要底片在手，这样的照片想冲洗多少张都可以，那样就可以进行无数次的敲诈。很可能他还对昌子小姐提出过更过分的要求，所以，昌子决定杀掉久松。不是为了她自己，而是为了你。"

3

"昌子小姐肯定多次去过多摩疗养院，你也会拜托她替你去探望孩子并转告你孩子的近况，所以，她对多摩疗养院附近三角山的地形十分熟悉。久松得知见面地点是在疗养院附近才放下了戒心赴约的。这些都无所谓了，关键问题是昌子是为了你才杀人的！"田岛说完，看向时枝。

时枝深深埋下头，田岛不知道她此刻在想些什么。她不发一言，只有沉默，俨然失语了一般。

"你倒是说话啊！"田岛催促她。

没有回答。跟不久前田岛在保健护士家遇到的情况一样，只有无声的沉默。

"请你说话！"田岛不断重复着，"昌子小姐在代你受过。她如果就这样认罪了，你的秘密或许会被保住，沼泽家也可以毫发无伤。可昌子小姐，她怎么办呢？这种情况下，她一定会被重判，因为以如今的情形，这个案子在量刑时没有酌情的余地。可如果检方了解事情的全貌，判决时说不定可以从轻判罚啊！"

"……"

"你为什么不说话？"田岛在焦躁中忍耐到了极点，怒吼道，"你为什么不回答，这次事件的起因就在你，当初生下阿尔德林畸形儿之后，如果你光明正大地承认了，就不会发生今天的事情。是你没有勇气面对，选择逃避，结果酿成了两人被杀的悲剧，昌子也背上了杀人的罪名。事到如今，你竟然还能无动于衷……"

"……"

时枝仍旧没有任何反应，只用沉默作答。

田岛已经快要按捺不住了。

她为什么不开口呢？如果是田岛的话惹她不高兴（肯定会不高兴），她只消开口说请他回去就好了。这样的话，田岛反而容易应付，至少知道自己应该采取什么态度。可这种沉默，实在让人不知所措。

　　时枝还是保持沉默。田岛真的想弄明白，这个女人究竟在想什么。可能在想只要不开口就都会过去吧，或许她坚信沉默是唯一的解决方式？用昌子的牺牲来帮自己保守秘密，她就真的不痛不痒？

　　"你说话呀！"田岛不肯放弃。可他的话仿佛被笼罩在这间屋子里的沉默吞噬掉了。

　　田岛渐渐无法忍受下去。如果是一触即发前的那种沉默，尚能让人接受，可田岛面对的沉默有所不同，这是一种凝重的、让人无计可施的沉默。即便现在田岛扯住时枝的胸口使劲推搡她，似乎这种沉默都不会被打破。

　　田岛彻底不耐烦了，他站起身。时枝依旧稳坐在原处。田岛径自拉开隔扇，来到走廊上。他看到走廊的角落里蹲坐着一个老人，是一个身量矮小的老妇人，恐怕刚才田岛说的话她都偷听到了。但是，田岛从她那张被日晒风吹布满皱纹的脸上看不出任何情绪。

　　田岛来到没有铺装地板的土地房间，房子里依然鸦雀无声。田岛逃也似的离开那令人窒息的沉闷之处，跑到院子里。

　　冬日的阳光满洒在被白雪覆盖的庭院，刚从昏暗的屋里出来的田岛被雪晃得有些发晕，直眨眼睛。

　　就在这时，身后传来一个男人的声音叫住了田岛。

4

那是一个瘦高的男人。他略带口音自我介绍道："我是沼泽。"终于打破了这里的沉默。"你刚刚说的话，我都听到了。关于那件事，我有话对你说，可以听听吗？"

"当然，我想知道。"田岛说，"我就是为此而来的。"

"请随我来。"沼泽低声说完，率先起身在前边引路。男人的背影看上去不像农民，脸上也没有乡土气息。

沼泽把田岛带到百米开外的一处神社旁。

这个村子里建了很多神社，这不是保健护士家附近的那处。

"在这儿说的话，没人能听到。"沼泽解释说。

田岛没接话，只掏出一支烟点燃。沼泽把目光投向北边起伏的山峦，说："我们对不起昌子。"

田岛盯着对方的侧脸。

"既然如此为什么不把真相说出来，帮帮昌子呢？"

"说出真相又能怎样？"

"能怎样？"田岛提高了声调，"昌子把所有责任都揽在自己身上了，你就忍心不闻不问？"

"……"

"这个案子追根究底，就是因为你和时枝只知逃避不去面对。如果你们拿出勇气，亲自去抚养患病的孩子，就不会发生如今这些事情了，难道不是吗？"

"如果都能像你说的那么简单就好了。"

"你这是什么意思？"

"事情没发生在你自己的身上，作为旁观者当然怎么说都可以。"

"我是旁观者？"田岛被气得脸色发白。在此之前，田岛从没把自己当作案件的旁观者，他一直笃信自己是当事人之一。他被卷入这起案件中，并为此苦恼、煎熬，所以才会不辞辛劳跑到岩手县来。

"你竟然说我是旁观者？"

"在我看来，你只是个旁观者。"

"你凭什么这么说？"田岛瞪着沼泽，"当我意识到昌子小姐跟案子牵连颇深之时，就把自己置身事内了，我努力想让自己平静却根本做不到。从始至终，我没把自己当作旁观者，可你竟然说我是旁观者？"

"我知道你爱着昌子。出于情感，你没办法置身事外，我相信这不是假话。不过，你即使受伤无非就是情感创伤，可我跟时枝还有沼泽家不同，这跟我们的生活息息相关。这可不仅仅是伤害我和时枝还有我母亲的情感那么简单，事情一旦败露，我们的生活都会被毁掉的。如果把实情说出来，我们全家都没办法在这个村子待下去了。"

"所以，就让昌子一个人去牺牲，对吗？"

"不是说让谁去牺牲这么简单。事到如今，不论舍掉谁，也要保住沼泽家。昌子想必也是这么考虑的，所以才选择隐瞒实情。"

"为了保全一个家，去牺牲掉一个人，简直是……"

"你想说是陈腐的、'政治正确式'的悲剧吗？"沼泽阴郁地苦笑着，"我也这么想。"

"既然如此，为什么还要这样做？"

"别着急，请耐心些。"沼泽面容阴沉，轻咳了咳，接着说，"我来跟你做一些介绍吧。"

"介绍什么？"

"你不懂，之所以事情会发展到今天的地步，完全是因为这里的风俗传统。"

"风俗传统？这跟案子有什么关系？"

"大有关系。"沼泽说，"所以请让我给你做简单的介绍。"

5

"我的家境相对较好，所以供我上了大学，我在这种小山村里算是知识分子。当初我刚回来的时候，心气很高，誓要打破村子里根深蒂固的封建习俗。当时，我召集了村里的年轻人，一起讨论政治，讨论对女性生育限制的必要性，讨论家庭分工的合理化，等等。既然有这么多的人来参与讨论，我又尝试着开始让大家做调查问卷，最后收上来的问卷结果几乎都与我的想法一致。当时我单纯地以为，在农村推行民主化和现代化竟然如此简单。没想到，这是一个致命的误会。村里的人之所以都聚来给我捧场，完全因为我是地主家的儿子，不好不给我面子。调查问卷里写的也不是他们真实的想法，农民对自己阶层以外的人都存有戒心，不会轻易袒露真心的。我当时没有注意到这一点，一直在用一个外来者的思考角度和语言系统与他们对话，所以他们自然也不会对我说出农民阶层最真实的心声。"

"这跟案子到底有什么关系呢？"

"你现在看我们的眼光，就跟我当年看他们的眼光一样。可能你要问，为什么个人要为家族牺牲？为什么不能鼓起勇气抚养生病的孩子？为什么连说出真相的胆量都没有？或许你说的都是对的，正如当时我说的也是对的。可在这里，这些话微不足道。世界不是只有依靠正确的选择才能发展。你知道吗？在这个村子，婴儿是要被放到'婴儿笼'①里长大的。我认为这十分影响婴儿的发育，况且孩子被放在那么暗的地方，很容易患上佝偻病，为此我尝试着阻止过。在接受过大学教育的我看来，

---

① 婴儿笼，指用稻草编成的圆筒形的、供婴儿玩耍和睡觉的筐或笼子，也有用桶或者其他物品替代的。

把孩子放到'婴儿笼'里养大，根源就在于农民的无知。可后来发现，是我错了，在这儿没有幼儿园。孩子的母亲每天要去下地干农活儿，孩子没人管。把孩子放在地板的被子上，他会爬到外走廊摔下去受伤，也容易感冒。所以，为了预防危险，只能把孩子放到'婴儿笼'里。在这里，这才是最佳的生存手段。如果不了解这些，一味地强调……"

"'婴儿笼'的话题就到这儿吧。"田岛不耐烦地打断了他的话。田岛来这儿不是为了讨论农村封建传统或者听他讲解"婴儿笼"的。"请说些跟这个案子有关的事情吧，具体一些……"

"……"

沼泽盯着自己的脚尖，阳光被云朵遮住，风刮得更猛了。

"五年前，我跟时枝结了婚。"沼泽没有移开视线，"婚后六个月，时枝自杀过。"

6

"在我们这里，直到现在还有很严格的门第之规。嫡系和旁系之别也沿袭至今。在我眼里这些都是旧时的陋习，非常荒谬。正如刚才说的，我把农村的民主化想得过于简单，所以选择跟与我家门第差距极大的时枝结了婚。没想到，遭到了村里人强烈的反对。原来，这个村子还跟过去一样，丝毫未曾改变过。

旁系的亲属一边倒地反对，甚至有人背后对时枝缺了两根手指说三道四，说为什么要娶一个有残疾的新娘。时枝当时实在忍无可忍，吞了安眠药企图自杀……"

"吃的阿尔德林？"

"是的，时枝一口气吞了二十粒，但并没死。因为那款安眠药不致命，总算是虚惊一场。可没承想，时枝当时已经怀孕了。"

"所以，才生下了阿尔德林患儿？"

"嗯，当我看到保健护士怀里抱着的婴儿时，顿时眼前一片漆黑。不过那时我是打算把他养大的，可时枝反对。"

"时枝反对？"

"是的，孩子的亲生母亲时枝。或许你会想这个母亲真残忍。其实不是，时枝是这村子土生土长的，所以她太明白在这里生活意味着什么。我想养着这个孩子的想法或许从道义上是正确的，可对于这里的风俗来说，是太无力和虚妄的情怀。单凭理想和正义是无法养大孩子的。生活在这里的孩子如果不会耕地，就没有生存资格，也就生活不下去。健康的孩子等于劳动力，残障的孩子不是劳动力，就没资格生存。"

"没资格生存？"

"我知道这话听上去很不人道，可这是现实，也有这种观点存在的道理。不仅仅是孩子，对老人的态度也是同样的。没法下地干活儿的老人，在这里相当于丧失了存在价值。甚至他们自己也是这么认为的。也许是由于农村真的太贫穷了，也或许是由于农活儿过于繁重，当然也不排除是因为这种落后的观念已经根深蒂固了。"

"所以就当这个孩子已经死了？"

"还有一个原因。我跟时枝结婚是不被祝福的，她生孩子当天甚至没人来帮忙。再加上生下一个畸形儿，该被人怎么看？肯定有人会说，看啊，遭天谴了吧。更难听的甚至会说出残疾的媳妇生下个残疾的孩子这样难听的话。即便我能忍下，时枝也断断忍受不了。所以，我才接受了时枝和家母的安排。"

"可是，你们心里清楚，生下阿尔德林患儿，问题不在你们夫妻双方，而在于药物！"

"道理是这么讲的，可谁会听你讲道理呢？人们都是从情感角度出发的。况且，那孩子出生的时候，阿尔德林药物的相关问题还没被报道出来，没办法明确是药物所致。所以当时对于孩子来说，最好的处理办法就是把他藏起来。保健护士也主动帮我们开具了死亡证明。她是战死者的遗孀，至今一个人生活，这么多年她受到多少诋毁和中伤我都清楚。她家门口至今还挂着'战死者之家'的门牌，也是因为这里的风俗要求她不得不这样忍气吞声地活着。所以她深知其中的利害，冒险为我们开出了死亡证明。因为她明白，这是在这里活下去最明智的做法。"

"你怎么知道这么做最明智？"

"因为我们一直就是这么过来的。如果没人帮你的话，你就像在身边立起一堵墙，只能活在自己的世界里。但凡有出格的言行，即使是对的，也不被允许。你刚才生时枝的气，怪她不说话。可她即使说了又如何？什么都改变不了，所以她只能沉默。"

"可为什么必须牺牲昌子呢？"

"只要能保住整个家族，牺牲谁都可以。我也好，时枝也好。即便没有昌子，我也会杀了久松。在那种情况下，绝不允许他把秘密泄露出去。"

"你的想法有问题。"

"也许吧，不过实在没有其他办法了。想要在这个村子里生存下去的话……"

"可你还是错了……"

田岛重复着自己的话。沼泽没有回答。田岛无法再说下去，只好选择缄口。

尽管沼泽方才说了那么多，可对田岛而言，只感受到了与时枝和保健护士的沉默同样的压抑感。

7

田岛的心里填满了失望和愤怒，乘坐当晚的列车离开了K村。

回到东京后，田岛决定必须要跟昌子见上一面。他要知道昌子真正的想法。

田岛认识的昌子是个聪明的姑娘，绝不会被那些传统陋习和封建道德束缚住。

透过探监室里的铁丝网，田岛看到了另一端面容憔悴的昌子，好在她现在看上去很平静。

昌子看到田岛，微微笑了笑。

田岛用极快的语速把事情从头至尾说了一遍，包括去岩手县见时枝和沼泽，以及去多摩疗养院走访的事情。

"我已经知道这次案件的真相了。"田岛说，"你没必要为家族保守秘密而牺牲自己。你把真相全都说出来，这样才能获得轻判。在久松的事情上，你甚至可以说是正当防卫。至于管理员的死，想要证明你主观上没有杀人动机也不算太难。因为你姐姐曾经试图服用阿尔德林自杀，但是失败了，所以你很清楚，阿尔德林这款安眠药并不适合用来杀人。也就是说，你顶多想恐吓她一下，并没有真的要杀掉她。只要你把事情的真相说出来……"

"……"

"你之所以要给田熊加奈下药，是因为自己被逼得走投无路了，所以那是在绝境下不得已的举动。等到庭审时，只要你把真实情况明明白白说出来……"

话才说一半，田岛说不下去了。因为他发现眼前的人，不再是那个他熟悉的昌子，也不再是那个明朗的都市丽人。这让田岛变得不知所措。现在，他面前的这个人，跟田岛在岩手县的风雪中见到的时枝和保健护士有着同样的戴着面具的脸。她不是用柔软的被子包裹长大的女孩儿，而是在老家的"婴儿笼"里养大的孩子。田岛过去认识的那个昌子，不知为何消失不见了。

昌子沉默不语。

这让田岛更加不知所措。自己为了昌子愁眉不展，想跟她共患难，看来不过是自己的一厢情愿罢了。

（你就是一个旁观者。）

沼泽说的这句话，一直在田岛脑海里盘旋。在昌子眼中，田岛是否也同样是个不相干的旁观者呢？

"你倒是说点儿什么啊！"田岛大声喊道。可昌子选择缄口沉默。她到底在想什么，真的陶醉于自我牺牲之中吗？

"你想错了。"田岛声音干枯嘶哑，"包括你，还有你的姐姐和姐夫，都以为只要什么都不说，就能敷衍过去。可是你们都错了。沉默不能解决任何问题。"

8

田岛身心俱疲，难道真的没有办法打破这堵沉默的围墙吗？

如果在报纸上登出事件的真相会怎样？毫无疑问，会引发话题。可这样一来，昌子他们恐怕会陷入更深的沉默中。

必须要说服昌子他们说出真相。但这真的有可能吗？

此次事件的起因是沼泽夫妇让保健护士伪造了死亡证明。沼泽自己说过，这在当时是最佳解决方案。按当地的风俗，没有其他路可选。时枝和昌子对此是表示认同的。如他们所言，容不下阿尔德林患儿正常长大的风气是社会造成的。若真如此，在这个案子中需要被判刑的不应该是山崎昌子，而应该是包括田岛在内的全社会啊！这种考虑问题的角度是报社记者独有的偏执吗？

田岛进而又陷入了更灰暗的设想。在多摩疗养院长大的那个叫"tikara"的孩子。

他今年四岁，很快就会长大成人。他智力方面没有缺陷，会跟普通人一样去读书，去学会思考。未来也许他会知道，正因为自己是阿尔德林畸形儿，才遭到父母遗弃的。

也就是说，在一个国家，母亲"杀"了自己亲生的阿尔德林畸形儿，是无罪的。就因为那孩子是阿尔德林畸形儿，"杀人犯"便不会获罪。这一切，那个孩子也许都会知道。

知道这些事实后，他会不会对自己周围的社会产生恨意？在这种恨意的驱使下，他会不会拿起手枪扣动扳机，去报复这一切呢？

为了避免十年或二十年后可能发生的悲剧，有必要让这个
案子的真相大白于天下。

身为阿尔德林患儿，不是他的错，当然责任也不在他的母
亲。真正的错在于那款药物的研发和销售，在于允许这款药上
市销售的整个社会。只有把这一点在庭审中说清楚，才能防患
于未然，不让悲剧在十几年后上演。可眼下，这条路似乎被堵
死了。

田岛从灰暗的想象中抽离出来。这时他留意到一块写着
"千纸鹤展览"的展板，主办方是一个名为"天使守护会"的组
织。这个词吸引了田岛的注意。

9

展览在 M 商场的五楼举办。狭长的展厅里摆满了千纸鹤。
墙上贴有一张海报，上边写着"这些纸鹤是阿尔德林患儿的母
亲们为自己的孩子祈福所叠"。

相较隔壁特卖会的人头攒动，这个展厅显得冷冷清清的。

写有"接待处"字样的桌旁坐着三位女士。她们都是阿尔
德林患儿的母亲。

"我们想为这些患儿建造一所医院。"其中一位母亲对田岛
说，"那些孩子已经四岁了，医院早一天建好，他们就能早一天

开始复健训练。这不单单是为了阿尔德林患儿，也是为了其他有身体残障的孩子们。"

"要花很多钱吧？"

"嗯，一方面需要求助政府，另一方面也少不了社会各界的助力，所以我们在这儿征集大家的签名。"

她把放在旁边的签名簿拿给田岛看，上边已经收集了不少的签名。这些签名里有的字看起来写得装腔作势，有的字则显得拘谨，有大字也有小字，总之是五花八门的签名字体。

"在我看来，这些孩子的问题是全社会的问题。"另一位孩子母亲说，"单靠我们微弱的力量不能解决根本问题。如果没有全社会的合力，想要解决问题是不现实的。"

"我同意你的观点。"田岛赞同地点点头。

昌子他们只想依靠自身的力量去解决问题，所以才选择了那种逃避的、见不得光的做法。其实他们一开始就应该意识到这是社会性的问题。眼前就有一群有这种意识的母亲。

田岛感觉自己的心情敞亮了些。

"能让我见见你们的孩子吗？"田岛问，"我想给他们拍些照片。"

"拍照？"三位母亲看着田岛，脸色逐渐变得苍白。眼神似乎在责备他。

"要给孩子们拍照？"

"对，想拍些你们带着他们一起玩耍的场景。想必会给看到照片的人带去勇气。而且，我还打算把照片登在报纸上。"

"抱歉，我们没办法答应你。"

"为什么？"

"还问我为什么？"一位母亲声音尖厉地说，"为什么非要给孩子们拍照片呢？你知道迄今为止我们承受了多少痛苦吗？给孩子们拍照，是打算让他们当众出丑吗？"

"当然不是。你刚才还说这是社会性的问题，为什么会害怕面对镜头呢？"

"何必非要去触碰已经结痂的伤口呢？"她面容憔悴，默默地说，"我不想让孩子去面对大众。即使不让孩子露面，现在也有成百上千人来支持我们的计划了，有什么必要拍照片呢？"

"你想错了。"田岛说。他对沼泽、昌子都说过同样的话。当时，究竟哪里错了，其实他也没有完全弄清，可现在，一切都清晰了。

"你们说这是全社会的问题。我非常赞同。可是，如果谁都不去提及，每个人都选择沉默和隐瞒，怎么能引起全社会的重视呢？为什么你们不愿意把孩子们带来，介绍给大家认识，然后拍些照片呢？只有这样做，才能引起全社会的关注，难道不是吗？如果连这点儿勇气都没有的话，这不会成为社会性的问题，最终依然会沦为你们每一个母亲自己的问题。"

"你怎么会明白作为这些孩子的母亲是怎样的心情？"

"或许我不明白，恐怕也无法明白。可是，身为这些孩子的母亲，难道你们没有义务让像我这样的人、让全社会都明白吗？因为怕丢脸，所以把伤口隐藏起来，却渴望别人明白你们的痛苦，这种想法难道就合理？为什么不能鼓起勇气，让大家看到孩子们？难不成你们觉得自己孩子的样子很丢人吗？"

田岛不住地扫视着面前的母亲们。没人开口。凝重的沉默后，其中一位母亲看向田岛，说："我们从不觉得孩子丢人。"

"那为什么拒绝拍照？"

"大概两个月前，有个什么杂志的人来拍过我家孩子过生日的照片。可最后杂志没登那张照片。"

"知道理由吗？"

"说是不能登。"

"谁说的那种混账话……"

"是政府的人。"

"这我就不明白了。"

"说是违反了《儿童福利法》。法律规定，不得将残疾儿童向公众展示……"

"混蛋……"田岛嘴都气歪了，"怎么能有如此僵化的法律规定？最重要的不应该是为孩子们谋幸福吗？把世间的真相都藏起来，孩子们就能幸福了？让大家都闭目塞听就解决问题了？这是绝不可能的啊！大家期盼的难道不是更为包容的社会吗？即使是阿尔德林患儿，未来也能有机会当上内阁总理大臣或者大企业家！所以，为了社会变得更好应该奋起一搏，不是吗？既然政府的人反对，你们更应该把孩子们的照片登出来给大家看，进而寻求全社会的理解！"

没有人接话。

田岛等着她们的回答，可沉默不断加深。

田岛发觉，他现在面对的沉默与此前的遭遇极为类似。

看来，在这里也是同样的结局吧。沼泽说过："想要在这个村子里生存下去的话……"其实他没必要加上"在这个村子里"，因为即使在东京情况也没什么不同。有一种壁垒，在阻止这个社会性的问题扩大到要由全社会来承担责任。

居高位者认为，只要把信息隔绝了，对大众隐瞒了，就等于问题解决了。他们追求的是眼不见为净的错觉。再加上当事人也在不断地自我麻痹，一味压抑自己的悲伤和愤怒，把一切悲剧的本因都揽到自己身上，还误认为这是一种高尚的美德。这样如何能解决问题？

田岛目光黯然地看着签名簿。签名活动实质上也是一种把问题归咎于自身的佐证。签名的人会明白这一点吗？或许他们想当然地认为索性签个名，就等于获得了摆脱这些问题的护身符了吧。

这些错觉不断累加，发酵成了如今的案件。

田岛来到走廊上。

隔壁特卖场的喧嚣不绝于耳，没人能保证不会发生第二起阿尔德林引发的案件。不，一定会发生的。等到那时，他们还会重复同样的错觉，还会出现昌子那样的悲剧。

　　田岛步履疲惫，正要下楼时，被一个声音叫住了。

　　他停下脚步，回过身去。刚才的一位母亲面色苍白地站在那里对田岛说："请您为我的孩子拍照吧，权当是为了他的未来……"

尾声

エ
ピ
ロ
ー
グ

田岛幻想着。

终有一天，无声的沉默被打破，这个问题被当作全社会的问题得到关注。

或许，在那个孩子得知我们为此倾尽心血、伤透了脑筋并付诸努力后，会原谅我们吧。同时，他一定会因为自己的有知有觉而感到欣喜。

田岛这样幻想着。